Mrs,
미세스 네팔 이야기

네팔에 학교를 세워 희망을 일궈낸 감동스토리!
그녀의 별명은 "미세스네팔" 이었다,

미세스네팔 이야기

김옥규 지음

나눔의 현장 희망을 심다

미세스 네팔 이야기

초판 인쇄 2011년 11월 1일
초판 발행 2011년 11월 11일

지은이   김 옥 규
펴낸이   장 호 수
책임편집   김 은 숙
북디자인   김 은 숙
인쇄 · 제본 (주)금강인쇄
펴낸 곳   도서출판 시인
            등록번호 제384-2010-000001호
            등록일자 2010년 1월 11일
            430-831 경기도 안양시 만안구 안양1동 668-27번지 B동 2층
            Tel 031-441-5558   Fax 031-444-1828
            E-mail : siin11@hanmail.net / www.siin.or.kr

ⓒ 김옥규 2011 printed in Seoul, Korea
ISBN 978-89-965062-5-6

정가는 뒷표지에 있습니다.

"뜻이 있는 곳에 길이 있다."

는 격언처럼 삶의 전환을 맞이 하였다.

저자의 말

나는 지난 2000년 8월, 네팔 카투만두 시내 덜루지역에 'Future Star English School' 이라는 학교를 설립하는 일로부터 봉사활동을 시작하여 오늘에 이르고 있다.

어릴때 꿈은 그저 막연히 몸이 불편한 사람들이나 고아들을 돌보는 일을 하고 싶었다. 중학교 때는 오지에 학교를 세우는 일을 하겠다고 짝꿍에게 말하기도 했다. 대학입시 때는 일편단심으로 사회사업학과(사회복지학과)만 가겠다고 해서 담임 선생님과 각을 세우던 여고시절이 있었고, 대학을 졸업하고 결혼을 해서 엄마가 된 후에도 학창시절의 꿈은 그대로 간직돼 있었다.

그러던 중 안양 4동에 있었던 '전진상복지관' 에서 운영하는 '이주노동자의 집' 을 통하여, 그들이 얼마나 열악한 환경 속에서 불이익을 받고 살아가는 지도 알게 되었다.

나는 당시 이금연관장님(세실리아, 현 감마연구소장) 에게 네팔이나 인도의 어떤 학교든 가난한 학생들을 후원하는 일을 하고 싶다는 뜻을 조심스럽게 비쳤고, 관장님은 곧 모노즈(Manoj)라는 네팔인을 소개시켜 주셨다.

모노즈는 1990년대 한국에 체류 중인 네팔 사람들의 모임을 이끌고 있다가, 1998년에 귀국하여 한국에서의 체험을 토대로 학교를 세우겠다는 계획을 갖고 있었는지라, 나의 뜻과 완전히 부합하여 나는 그가 학교를 세우기 시작하면 학생들을 도와주겠노라고 약속을 했다.

2000년 2월 24일의 첫 네팔 방문 이후, 일곱 차례를 오가는 동안, 나는 2011년 현재 506명의 학생들, 교사들, 학부모들을 통해 봉사자로서의 보람도 얻었지만, 그보다는 인간적인 교훈 들을 수 없이 받아 오고 있다.

'미세스 네팔'이란 그들이 내게 붙여준 별명이어서 쑥스럽기도 하지만 영광스러움이 더 크다.

이 책의 내용은 원래 일기 형식이었으나, 다시 풀어 쓰기로 정리해 온 것이다. 그 동안 나의 봉사활동에 도움을 주신 분들이 많다, 감사의 뜻을 표하기 위해 일일이 거명 하려합니다.

먼저 바쁘신 중에도 네팔 사람들과 함께 그곳에 가면 먹여주고 재워주시는 제주도 성판악의 강재훈 사장님, 10여년전부터 내 머리를 손질해 주시는 김보순님과 철철이 옷이며 가방을 곱게 물려주시는 황화자님, 추석 무렵이면 잊지않고 장학금을 듬뿍 보내주시는 동광 한의원 채순애 실장님과 안양 만안경찰서 이진경 경위님, 만날 때마다 후원금과 격려를 아낌없이 주시는 이종건, 추교신 은사님, 그리고 불편한 몸에도 불구하고 뭐든 네팔과 나누려하시는 '소울음 아트센터'의 최진섭 원장님과 '예수랑 교회'의 임일국 목사님 내외분 그리고 군포 '아시아의 창'의 이영아 소장님... 여러분들 덕분에 나의 네팔 사랑은 지속된다.

어느새 식구들 모두 후원자가 된 경렬네 병주네 소연이네 연철이네 재홍이네 그리고 지현이네 가족께도 오늘에야 비로소 고맙다는 마음을 이렇게나마 표현해본다.

원고를 정리하는 내내 멀리 독일에서 안양의 'Mrs. Nepal Kim'에게 '네팔 아이들을 사랑할 수 있게 해주어서 나는 정말 행복했노라'는 마지막 편지를 보내 놓고 세상을 떠난 Irene(이레네) 아주머니와 마흔둥이 막내딸이 하는 짓을 말없이 지켜만 보셨던 부모님과 며느리 사랑이 지극하셨던 시부모님 생각에 걷잡을 수 없는 눈물을 흘리곤 했다. 그분들께 하늘

나라로 이 책을 보낼 수만 있다면 얼마나 좋을까하는 아쉬움이 있긴 하지만, 다 아시리라 그리고 크게 기뻐하리라 믿고 싶다.

오늘도 '나니, 어떤 사진 더 필요한가요?'라는 이메일을 보내 온 Mani Lama님, 너무 쑥스러워 망설이고 뒷걸음질 칠 때마다 용기와 함께 좋은 의견 많이 주신 김미자 선생님과 시인 출판사의 장호수사장님과 김은숙실장님께 그리고 언니 오빠 조카들, 친구들에게도 진심으로 감사드리는 바이다.

끝으로 이 책의 판매대금 전액은 전 전진상복지관장을 지냈으며 현재 국제카톨릭형제회(A.F.I)회원이며 한국 감마연구소장으로 활동하고 있는 이금연님(세실리아)이 추진 중인 네팔의 동남부 인도접경지역에 있는 자낙푸르(Janakpur) 시의 나환자 마을에 '자마리야(Jamariya)' 초등학교의 건립기금으로 기탁하고자 한다.

2011. 11. 1

김 옥 규

차례

1부   네팔 사랑쟁이

2부   사랑의 고리

3부 귀향

4부   다시 네팔을 향한 준비

"뜻이 있는 곳에 길이"

2010년 11월 1일 네팔에서 돌아오며 지난 10여 년 동안의 시간을 돌이켜본다. 2000년 2월 네팔 첫 방문을 시작으로 일곱 번째였던 이번 방문까지를. 다른 승객들은 화면으로 게임을 즐기거나 드라마와 영화를 보았지만, 나는 지그시 눈을 감고 나만이 볼 수 있는 내가 만든 다큐를 시청하였다.

어릴 때 꿈은 그저 막연히 몸이 불편한 사람들이나 고아들을 돌보는 일이었지만, 중학교 때는 오지에 학교를 세우는 일에 뜻을 두고 사회복지학을 전공했다. 대학 시절을 거쳐 엄마가 되어서도 그 꿈을 포기하지 않았고 늘 마음 한편에는 그와 비슷한 생각들이 항상 숨을 쉬고 있었다.

그러다 보니 관심의 대상인 신문이나 책을 가까이하게 되었고, 시간이 지나면서 마음 깊은 곳에 자리 잡고 있던 그 꿈이 훌쩍 커진 걸 느꼈다. 시장바구니를 들고 만안구 안양4동에 있던 '전진상 복지관(현재 카톨릭 복지관)'에 책을 빌리러 갔다. 그곳에는 '이주노동자의 집'이 있어 열악한 환경에 처한 외국인 노동자들이 안정된 생활을 할 수 있도록 상담도 해주고 인권보호와 임금체불, 산업재해 등으로 불이익을 받지 않도록 돕고 있었다.

난 그곳에서 네팔이나 인도의 어떤 학교든 가난한 학생을 후원하는 일을 하고 싶다고 조심스럽게 뜻을 비쳤다. 그때 세실리아(Cecilia 이금연, 현재 감마연구소장님)가 소개해 준 사람이 모노즈(Manoj) 선생님이었다.

모노즈는 1990년대 한국에 체류 중인 네팔 사람들의 모임을 이끌고 있다가 1998년에 귀국하여 한국에서 배운 걸 토대로 학교를 세우겠다는 계획을 갖고 있었다. 나는 그가 학교를 세우기 시작하면 그 학교의 학생을 도와주겠노라 약속을 했다. 하지만 모노즈가 열심히 벌어 네팔에 보냈던 돈을 동생이 다 써버려서 그 계획은 수포로 돌아갔다는 모노즈의 슬픈 편지를 받고 나는 무척 낙담했다.

그런데 "뜻이 있는 곳에 길이 있다"는 격언처럼 나는 내 삶의 전환점을 맞게 되었다. 시아버님의 49재를 마치고, 2000년 2월 24일 깜깜한 밤중에 네팔 트리부반(Tribhuvan) 공항에 도착하게 된 것이다. 그 곳에 2주일간 체류하며 네팔의 전체적인 분위기 파악과 학교를 세우기 위한 준비를 시작했다.

2000년 7월 27~8월 7일, 두 번째 방문 때는 살짝 가보기만 했던 아주 작은 학교에 관심을 갖게 되었고, 2000년 8월 17일 학생이 101명인 Future Star English School을 출발시켰다. 이젠 그 학교 나이가 열 살이나 되었다.

학생 수도 2011년 10월 현재 500여 명이나 된다. 뿐만 아니라 1년에 네 번씩 한 번도 빠짐없이 보냈던 학교운영지원금도 이젠 조금만 보태주어도 된다. 가난하지만 우수한 성적으로 대학에 입학한 학생들에게 등록금 일부를 지원해주는 장학금에만 신경 써도 될 만큼 자립 능력이 생긴 것이다.

우리 학교는 카트만두 시내 덜루(Dallu) 지역에 있다. 하지만 오지에서 오는 학생들이 제법 많아 학교 내에 기숙사가 있다. 네팔에 가면 나는 가끔씩 버스를 타고 학생들과 소풍을 가기도 하고, 수업이 없는 날엔 자그마한 운동장에서 뛰어다니며 공놀이도 한다. 그리고 빵과 사과, 우유 등을 사주면서 근사한 점심이라고 생색을 내기도 한다. 사탕 하나, 연필 한 자루에도 고마워하며 아이들이 건네는 미소와 인사 한 마디에 나의 눈은 커지고 그들과 함께 터뜨렸던 웃음소리에 정은 더 깊어간다.

이제 학교 자립이 가능해졌으니 이번 방문이 마지막 일 수도 있겠다고 모노즈 교장선생님 부부에게 또는 지인들에게 말하고, 향후 5년간 1년에 한 번씩 장학금만 보내줄 거라고 단단히 마음먹었는데, 네팔과 연장전을 펼치게 되었다.

2011년 7월 도서관이라 정해진 공간에 책을 가득 채워 주기 시작했다. 그리고 학교에 다녀본 적이 없어 늘 기를 펴지 못하는 Namuna Mahila Vidyalaya School(성인여성학교)

엄마들, 그들만을 위한 학교에 적게나마 도움을 줄 예정이다. 늘 그랬듯이 기회 있을 때마다 오지에서 학교에 다니고 있는 산골 아이들에게 학용품도 보내줄 계획이다.

예쁜 꿈을 싹 틔우고 가꿔 이젠 바라만 봐도 흐뭇함을 느낄 수 있도록 옆에서 든든한 버팀목이 되어 준 가족들, 그리고 그 꿈을 이루는 데 물심양면으로 동참해 주신 모든 분들께 고개 숙여 감사드린다.

1부

네팔 사랑쟁이

네팔 사랑쟁이

어느 날부터인가 성현이는 내 아들이 되었다. 딸아이의 고등학교 2년 후배인데 가정에 피치 못할 사정이 생겨 우리 집에 하숙생으로 들어왔고, 악기 연주에 천부적 소질이 있어 서울대를 쉽게 통과한 녀석이다.

학교에 들어가 보니 동기생들과는 엄청나게 다른 자신을 발견하고는 심하게 흔들려 네팔에 보내졌었다. 히말라야를 보고 온 녀석이 말했다. "네팔에 가기 전엔 나는 왜 이렇게 가진 게 없을까, 이 세상은 어른들이 나를 너무 힘들게 하는구나, 생각했었는데, 네팔의 학교에 가서 아이들을 만나보고는, 아, 나는 정말 행복한 사람이구나… 어머니를 만났고, 누구나 선망하는 학교에 단번에 들어갔고, 건강하고 등등 가진 게 너무 많다."며 긍정적인 사람이 되어 돌아왔다. 그걸 생각하면 아직도 남아있는 그때의 대출금이 고맙기조차 하다. 대출금 상환과 동시에 히말라야 약효가 떨어질까 봐, 그때 대출 보증을 섰던 이 엄마는 평생 대출연장을 은근히 기대하고 있는 중이다.

이름이 너무 길어 영문 이니셜로 K. P라 부르는 네팔 사람은 한국 사람 못지않게 한국어를 할 줄 알고, 사업가적 안목이 뛰어나 이미 오래 전부터 한국에서 자리를 굳혔다. 바쁜 와중에도 모국에 도움 되는 일이면 발 벗고 나섰고, 내가 네팔에 다니러 갈 때마다 큰 힘이 되어준 고마운 사람 중의 하나다.

2000년 초, 내가 처음으로 네팔에 간다는 걸 알게 된 중학교 때의 짝꿍이 말했다. "어머나, 너 진짜 거기 가?"라고. 그 친구의 말에 의하면 사회시간에 내가 인도와 네팔의 어느 지역을 연필로 콕 찍으면서 "나, 여기에 학교를 세우고 싶어!"라고 했단다. 어찌 된 일인지 40년이 넘었는데도 그 때의 그 다짐은 희미해지기는커녕, 어느새 내 마음 한가운데까지 들어와 앉아 날이 갈수록 점점 빛을 발하고 있는 것이다.

네팔에 갈 때마다 내가 부르는 노래가 있다. 이번 출국 때도 그랬지만, '네팔에 다 가져가면 요긴하게 몽땅 쓸 수 있는데….' 하는 생각에 '버리면 쓰레기요~오, 모으면 자원이구~우, 네팔로 가져가면 선물이라~아!' 하며 새벽까지 짐과 즐거운 씨름하며 작사 작곡까지 한 노래이다. 이런 일은 참 잘도 한다. '당신이 잘하는 일이라면 무엇이나 행복에 도움이 된다.'는 말을 온몸과 마음으로 깨달으며 짐 싸느라 상처가 수두룩해진 손을 봐도 뿌듯하고, 잠을 못 자도 피곤하기는커녕 이럴 때마다 나는 네팔 덕분에 시금치 먹은 뽀빠이가 되곤 한다.

그렇게 네팔 사랑쟁이가 된 내 짐은 무려 100Kg에 육박했다. 네팔 투어 사장님인 K. P의 도움으로 네팔로 봉사 활동하러 가는 40여명의 서울 어느 교회 학생들 뒤에 서게 되었다.

성현이는 짐 속에 파묻힌 엄마가 걱정되는지 이리저리 뛰어다니며 상자에 동그라미를 그려가며 열심히 설명하느라 바빴다. K. P와 성현이 덕분에 그 많은 걸 갖고 나는 네팔을 향해 힘찬 날갯짓을 했다. 2008년 2월24일, 그러니까 이번이 나에게 있어 여섯 번째 네팔 방문이다.

새벽 1시에 방콕 공항에 내려 10시간을 기다려야만 했다. 대한항공이 없었을 땐 이 기다림이 당연했지만, 직항인 KAL이 생긴 후부터는 늘 갈등하게 된다. KAL을 탈 것인가 고민하다가 '아이고, 그 돈이면 기숙사 학생들과 함께 소풍을 가고도 남는데, 암만!' 하며 침만 꿀꺽 삼키곤 한다.

초라하지만 명분이 뚜렷한 선택에 당당하고자 했다. 그러려면 돈도 아껴야 하고, 짐도 많이 싣고 가야 하니 공항 내 노숙 경험도 그저 겸허히 받아들이고자 했다. '나는 이런 것도 잘한다, 아자!' 마음속으로 크게 외치고는 시간을 때우려 별별 짓을 다했다. 체조, 걷기, 공부, 세수, 그리고 노래까지! 그러다가 세상에서 제일 무겁다는 눈꺼풀에게 지고 말았다.
스웨터 두 개를 덮고 긴 의자에 쪼그리고 누워 잠시 눈을 붙이기도 했던 것이다. 그 맛을 누가 알겠는가? 그러다가 타이항공 탑승객 대기실에서 나보다 더 시간을 잘 보내는 70세는 족히 넘으셨을 서양 할머니를 뵙게 되었다. 편안한 옷차림으로 자리에 앉자마자 가방을 열어 뜨개질을 하기 시작하는데, 그 우아한 모습과 가벼운 손놀림이 무척 경이로워 나는 그 은빛 머리 할머니에게 넋을 빼앗겼고, 내 옆에 앉은 얼굴이 가

무잡잡한 노스님은 그런 나를 보고 애기처럼 환하게 웃으셨다.

도착하고 보니 워낙 짐이 많아, 짐을 찾는 데도 시간이 꽤 걸렸고, 혼자서 추스르지 못해 당황하고 있을 때, 낯익은 네팔 투어 직원이 공항 안까지 들어와 인사를 하며 다가왔다. 목걸이 이름표를 걸긴 했는데, 네팔에서는 그게 가능한 것인지 또는 돈을 주고 살짝 얻은 것인지는 알 수가 없었다. 하여튼 그가 아니었더라면 아마 나는 그 많은 짐 꾸러미를 어찌하지 못하고 털퍼덕 주저앉아 한 숨만 쉬고 있었을 텐데, 역시 나니(Nani)에게 네팔은 참 좋은 나라임에 틀림없었다.

'나니'란 네팔 말로 '여자 아기'란 뜻이다. 네팔 첫 방문 때 모노즈네 집에서 묵었었는데, 한국 사람을 처음 보는 그 어머니께서 나를 '나니'라 부르셨다. 새색시 시절 시부모님께서 '새 아가'라고 부르셨던 기분이 새로워지면서 나도 그 이름을 좋아하게 되었다. 나이가 비슷하거나 연상인 네팔 사람들은 나를 '나니'(Nani)라고 부른다. 아들 녀석은 영국 맨체스터 유나이티드 축구팀에서 박지성 선수와 함께 뛰고 있는 포르투갈 출신의 유명한 축구 선수인 '나니'가 경기를 잘하거나 맛있는 먹을거리가 있는 날이면 내 등을 토닥이며 '나니, 좋아, 좋아!' 하며 놀리곤 한다.

Future Star English School 과 모노즈(Manoj)

모노즈는 세실리아가 소개해 준 아주 귀한 인연의 네팔 사람으로 Future Star English School의 교장 선생님이다.

모노즈 교장 선생님의 마중으로 여섯 번째 네팔 방문이 시작되었다. 10년 전 깜깜한 밤, 내가 네팔 공항에 첫발을 딛었을 때 인사를 주고받은 후 그는 말했다.
"여긴 자판기 없고요, 전기도 부족해요. 최진실 씨 잘 있나요?"라고. 그 후 네팔에 갈 때마다 나는 그가 묻지 않아도 최진실 씨의 안부부터 전하곤 했는데….

90년대 한국 막노동판에서 쉼 없이 일하던 수많은 외국인 노동자들의 가슴엔 아직도 앳된 아가씨로 남아있을 최진실 씨, 그 가족의 안부를 어떻게 전해야 할지 괜히 부담스럽고 슬펐다.

모노즈 집에 짐을 풀어 놓고는 곧바로 학교로 향했다. 학교 가는 길이 힘들었다. 차, 오토바이, 쓰레기가 너무 많아 숨쉬기가 어려웠기 때문이다. 호흡기가 약한 나는 짐만 전해주고 안양으로 돌아오고 싶은 맘이 굴뚝같았다.
늘 걸어 다니던 동네에도 많은 변화가 있었다. 집들이 많아

짐에 따라 사람들도 늘어나 한가하고 평화롭던 예전의 모습은 온데간데없고, 오히려 할 일 없음과 게으름이 느껴지다니 나의 변신일까? 아님 네팔의 변화일까?

학교도 달라졌다. 우선 수위 아저씨가(아르바이트 학생) 제복을 입고 교문 안쪽에 앉아 있어 안정감이 있어 보였다. 많은 학생들이 졸업해서 사회에 나갔고, 새로운 얼굴들이 주를 이루니 10년 지기 한국 할머니 왔다고 매달리는 녀석들도 별로 없고, 꼬마였던 녀석들은 총각이나 아가씨 티를 내며 멀리서 웃을 뿐이었다. 악수나 포옹의 횟수도 대폭 줄어들어 격세지감을 실감케 했다.

방과 후 교문 안으로 들어 온 두 대의 작은 School Bus도 강산을 변화시키는데 한 몫 했다. 그렇지만 앉고 서고 구부려 꽉 채운 콩나물시루 같은 승합차 안에서 녀석들은 하하 호호 뭣이 그리 재밌는지 천진스럽게 재잘거리는 어린 아이들의 모습은 여전히 지구촌 어디에서나 똑같았다.

이 학교에서 오랫동안 근무하고 있는 선생님들과의 만남은 언제나 반가운 마음과 포근한 미소로 시작된다. 1년만이면 어떻고 2년만이면 어떠랴. Future Star English School 안에는 학생들도 선생님들도 그리고 나도 언제나 함께 있으니 그런 미소 하나면 그간의 안부를 주고받은 걸로 충분했다.

제일 오랫동안 낯을 익힌 선생님에게 하소연했다. 전보다 공기가 많이 나빠져서 숨쉬기가 고통스럽다고. 나의 푸념을 듣고 그 선생님이 천연덕스럽게 말했다. 오늘은 그렇지만, 내일은 조금 나아질 거고 모레는 괜찮을 것이며 글피부터는 불편함을 못 느낄 거라고 싱글싱글 웃으며 낮은 목소리로 네팔 사람답게 타이르는 듯했다. 나는 그러냐며 고개를 끄덕였을 뿐 아무런 대꾸도 못했다. KO패는 아니었고 판정패 정도?

저녁 때 카트만두 전역에 정전이 되자 그 캄캄함 속에서는 항상 밝게 살았던 우리나라가 생각나 갑자기 애국자가 되어야겠다는 생각도 했다. '귀국하면 나라에 도움 되도록 전기, 물모두 아껴 써야겠다고…. 우리나란 정말 살기 좋은 고마운 나라야!' 하며 태극기 비슷한 것만 보여도 국기에 대한 경례를 할 태세였다. 그 어둠 속에서도 네팔 사람들은 아주 자연스럽게 움직이는 데 놀라웠다. 어둠과 고요를 벗 삼은 그들의 삶의 수레바퀴에 합세하여 나도 함께 굴러가기 시작했다.

먼주(Manju) 아가씨

　먼주는 오래 전 한국의 어느 공장에서 일하다가 오른손 손가락 세 개를 잃은 사고를 당한 아가씨다. 그 아픔을 잘 딛고 일어서서 그 손으로 공부하고, 컴퓨터를 다루는 일을 하여 가족을 부양하고 있을 뿐만 아니라, 자기보다 더 어려운 네팔 어린이들을 돕는 일도 한다.

　몇 해 전 제주도여행 중 공중목욕탕에서 서로 등을 밀어줄 때 그녀의 손을 보고는 어쩔 줄 몰라 푸우 푸우 애꿎은 물만 얼굴에 끼얹었었던 일도 있다. 몇 해 전 여름 성현이의 초대로 대관령 음악제에 다녀와서는 바이올린을 배우고 싶다 하여 세실리아와 나의 마음을 찡하게 하였다.

　세실리아의 도움으로 아주대학교 국제대학원에서 장학금을 받게 된 먼주를 위한 송별파티가 있었다. 시내 중국음식점에서 먼주를 아끼는 세 어르신들과 함께 저녁 식사를 하는 곳에 갑자기 내가 나타나자 그들의 놀라움과 기쁨은 어둠을 뚫고 멀리 에베레스트까지라도 올라간 듯 입을 다물지 못하고 눈이 똥그래졌다. 사진작가 마니 라마(Mani Lama)와 시인 바산타(Basanta)는 2006년 사진전시회와 네팔 시국강연회 차 한국에 왔을 때 제주도 여행까지 함께 했던 적이 있어 구면이었고, 비디오 작가인 수달산(Sudalsan)과는 첫 만남이었다.

　네팔어, 영어 그리고 한국어가 둥근 테이블을 넘나들며 함께 했던 제주여행의 추억과 세상 돌아가는 이야기를 하였다. 전력부족으로 어둠이 짙게 드리워졌어도 먹을 건 먹으며 만남의 소중함을 다시 한 번 깨달았던 좋은 시간이었다.

　오늘은 많은 일을 했다. 태국을 거쳐 네팔로 들어왔고, 학교에 갔었고, 환송파티에도 참석했던 긴 하루였다. 늦은 귀가였지만 교장 선생님 내외와 두 딸이 한국에서 온 손님을 기다리고 있었다. 예서제서 얻은 선물 보따리를 풀어 헤쳤더니, 빅서즈마(Bixozma)와 맥소빈(Maxobin)은 한복에서 눈을 떼지 못했다. 나는 주머니 사정이 여의치 않아 새로 산 것은 아니고, 복지관에서 얻은 걸 깨끗이 빨아온 거라고 사실대로 말했다.

　입혀 놓으니 한복 모델이 따로 없었다. 10살 8살 공주들이 어찌나 예쁜지 손녀들이 좋아하는 모습엔 미안하기도 하고 고맙기도 했다. 모노즈 그리고 나를 '언니'라고 분명하게 한국말로 부르는 교장 선생님의 안식구 비니타(Binita)와 밤늦도록 이야기를 나눈 후에야 잠자리에 들 수 있었다.

장기 투숙객

나는 이제 더 이상 공항노숙자가 아니라는 편안함과 새벽녘에 스웸부(Swembhu) 사원에서 들려오는 은은한 독경이 자장가처럼 들려와 눈뜨기가 싫었다. 문뜩으로 나를 살펴보는 기척이 있어 그제야 눈을 뜨니, 비니타의 두 딸이 약간 수줍은 듯 "Good morning" 합창을 하고는 부엌으로 달아났다.
비니타는 두 딸을 한쪽 구석에 앉혀놓고 아침밥을 해 먹이느라 바빴다. 전엔 없었던 냉장고가 있긴 했지만 정전이 잦으니 무용지물이었고, 끼니때마다 바로 해먹는 게 좋은 거라 말하고 싶었지만 꾹 참았다. 아니 못했다. 좋은 식습관을 실천하지도 않으면서 편한 것만 추구하는 주제에 말만 앞세워서야 되겠나 싶어 잠시 반성했다.

공짜 장기 투숙객이 생겨 걱정이 많을 비니타의 일을 덜어주려고 아침마다 누룽지 한 줌에 뜨거운 물을 부어 놓았다가 고추장이나 짭짜름한 걸 찍어 먹었다. 그 중에 제일 맛있는 것은 제주도 강 사장님이 보내 준 무농약 제주 감귤의 껍데기를 잘게 썰어 넣어 만든 콩자반이었다. 보관도 용이하고 맛도 괜찮고 귤 향기가 좋아 안양 집에서 아침을 먹는 기분이었다. 그래도 귀한 손님이라며 비니타가 뭘 해주고 싶어 하면 고구마를 삶아 달라고 했다. 그러면 비니타는 번갯불에 콩 볶듯

30

숙제를 해놓고, 이따금씩 삶은 고구마를 덮어놓은 바가지를 들추어 보고는 그릇이 비어있으면 환하게 웃곤 했다.

모노즈는 새벽에 한국어 학원에서 강의를 하고는 바로 학교로 출근하기 때문에 집에서는 저녁 이후 촛불 아래에서나 얼굴을 볼 수 있었다. 그랬다. 1990년대 우리나라에서 일할 때 그는 우리말을 아주 잘 했었다. 귀국하여 네팔에서 다시 만났을 때도 우리 말 실력이 그럭저럭 괜찮았는데, 그 뒤론 점점 어눌해지고 버벅거렸다. 그런데, 이번엔 그 어느 때보다 훨씬 더 훌륭하게 한국말을 구사하는 게 아닌가! 네팔에 한국어 열풍이 불어 학원에서 한국말을 가르치다가 옛 실력도 되찾게 되고 잘 가르치려는 선생님으로서의 열정이 있어 그리 된 것이다.

복지관에서 얼떨결에 영어 반을 맡게 되어 이 정도로 된 나를 객관적으로 돌아볼 수 있었으니 멀리 네팔에서 복지관 쪽을 향해 배꼽 인사를 안 할 수가 없었다.

재미있었다. 학원 학생들의 시험지를 가져와 맞고 틀렸음을 표시해주기도 했고, 학교에 같이 가다가 '도'와 '또'가 어떻게 다른지를 묻는 모노즈에게 발음교정은 물론 화이트보드가 아닌 길바닥에 돌멩이로 영어와 한글을 써 가며 아주 자세히 그야말로 끝내주게 설명해주기도 했다.

네팔에 가면 나는 몸과 마음뿐만 아니라 입까지 바쁘기 일쑤라고 구시렁거리면서도 신바람이 났었다.

니르(Nir)와 함께

니르는 여성단체기관에서 일하는 부인과 함께 두 아들을 키우며 나름대로 재미있게 살고 있는, 네팔에서는 아주 보기 드문 민주적인 가장이다. 순진하면서 유머가 풍부하고 열심히 공부하는 모습이 니르가 모든 이들로부터 사랑 받는 이유 아닐까? 한국에서 수년간 노동자로 일하기도 했고, 결혼 후 여행 가이드로 일하면서 불교 철학 석사 과정을 밟고 있는 중이다.

우리 집에서는 이웃 눈치 살피느라 제대로 해보지도 못하는데 여기 와서 신나게 오카리나 연습을 할 수 있었다. '혹시 전생에 네팔 사람?' 이라 비아냥거렸던 친구들 생각을 하며 즐겁게 오카리나 연습을 하느라고 약속 시간이 많이 지나 부랴부랴 들어 온 니르에게 "벌써 왔느냐"며 반갑게 맞았다.

오토바이를 타고 온 니르에게 생강차를 대접했더니 한국 생각난다며 눈물을 글썽였다. 그는 여전히 통통하였고 재미있는 말솜씨와 표정도 그대로여서 마치 잠시 떨어져 지낸 오누이처럼 다시 편해질 수 있었다. 떡 본 김에 제사 지낸다고 그의 오토바이를 타고 학교까지 가서 기숙사 학생들과 선생님들에게 점심을 대접하였다. 커다란 빵 하나 그리고 팔팔 끓인 우유

한 컵이지만 그들에겐 훌륭한 점심이었다. 행복해하는 그들과 똑같이 점심식사를 하고 니르의 오토바이를 다시 타고 복잡한 골목을 요리조리 누벼 시장으로 들어갔다. 내가 워낙에 운동을 좋아하기도 하지만 아이들한테 제일 필요한 것이 놀이기구가 아닐까 해서 운동기구를 사러 다녔던 것이다.

K리그 축구 심판으로 활동 중인 초등학교 동창인 친구가 준 좋은 축구공이랑 탁구교실을 운영하는 오라버니로부터는 탁구 용품을 얻어 오기도 했지만, 그래도 여기 네팔 아이들이 좋아하는 크리켓 세트나 배구공도 마련해주고 싶어서 니르의 시간을 그렇게 빼앗았다.

2002년 세미나 참석차 독일을 방문했을 때 알게 된 한정순 씨 가족과 나보다 더 네팔 아이들을 사랑했던 독일의 한스·이레네 부부, 그리고 형제 테니스 선수인 엄기슬, 엄슬범 형제, 군복무때부터 지금까지 매월 만원씩 후원금을 보내는 아들 친구 김기웅, 그리고 복지관에서 만난 엄마 학생들과 친구들이 모아 준 돈인데 혼자서 고맙단 인사를 받게 되는 것이 번번이 미안하고 감사하여 코끝이 찡했다.

한국어 열풍

지금 네팔에서는 한국어 배우기 열풍이 불고 있다. 일자리를 구하기 어려운 그들에겐 한국에 산업연수생으로 가기 위한 첫 관문인 한국어시험에서 좋은 점수를 얻어야 하기 때문이란다.

한국어 학원임을 표시하는 노란 플래카드가 네팔 제일의 번화가라는 뉴로드를 뒤덮고 있어 그야말로 노란 물결을 이루고 있다. 니르도 한국말 실력을 앞세워 친구들과 같이 학원을 같이 개설했단다. '세종대왕' 이라 이름 지으려 했는데, 아뿔싸! 먼저 등록한 곳이 있어, '대왕 세종' 이라 했다고 한다.

'바다를 건너가 살면 팔자가 바뀌려니 했더니만 팔자가 먼저 알고 바다를 건너 가 나를 기다리고 있더라.' 는 우스갯소리의 주인공이 될 줄이야 누가 알았겠는가. 한국말을 가르치는 선생님 솜씨랑 네팔의 학원은 어떤 모습일까 궁금해 하던 차에 니르가 '대왕 세종' 학원을 안내해 주겠다기에 따라갔다.

어머나, 내 팔자는 직항인 대한항공으로 먼저 와서 나를 기다렸나 보다. 이를 어쩐다? 하필이면 그때 선생님의 지각으로 졸지에 한국어 교사가 되었다. 복지관에서의 경험을 되살려 침착하게 수업을 시작했다. "손생님 집 한국 오디에 있습니까? 네팔에 모엇 때문에 와셨나요? 무슨 일 하시는 사람입니까? 한국 날씨 추움니까? 네팔 말 알 줄 아십니까?" 등의 질문을 받고는 대답하면서 정확한 표기법과 발음을 교정해 주기도 하고 "나는 몇 살 일까요?" 라는 질문을 던져 자연스럽게 학생들의 숫자 공부를 돕기도 했다. 제일 높은 숫자가 45였으니, 봉사 수당치고는 꽤 괜찮았다. 그만하면 훌륭한 원어민 교사로 대접을 받은 셈 아닌가?

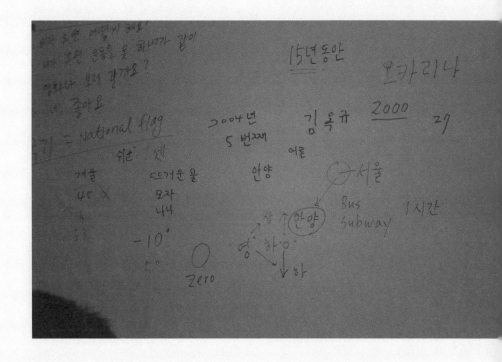

늦게 도착하여 학생들과 함께 무자격 원어민 교사의 수업을 흥미 진지하게 받고 있던 담당 선생님께 자리를 돌려드리고 밖으로 나와 니르와 함께 네팔 만두인 모모(Momo) 를 먹으며 세상 살아가는 이야기를 나누었다.

니르는 한국에서 보고 배운 게 있어 아이들 교육 문제가 제일 신경 쓰이는 모양이다. 맞벌이 부부로서 부인 베누(Benu) 랑 육아와 가사를 함께 하는 건 당연하고, 논문을 쓰는 중인데 성경에 나오는 인물들의 이름이 헷갈려서 큰일이라며 차분하고 생기 넘치게 그는 웃었다.

"나는 네팔에서 나름대로 바쁘게 잘 지내니까 내게 신경 쓰지 말고 베누를 많이 도와서 애들 잘 키우고, 공부 열심히 하면서 예쁘게 잘 사는 것이 니르를 알고 있는 사람들에게 특히 세실리아 누나에게 줄 수 있는 제일 좋은 선물이야." 했더니 내 말을 마음으로 알아듣는 듯했다. 예비 철학박사 니르, 그래서 우리들은 그의 가족을 늘 마음속에 두게 되는가 보다.

조물주의 위대함에 감탄한 적이 어디 한두 번 뿐이랴. 캄캄해서 좀 불편할 따름이지 아주 죽을 지경은 아니고, 물 퍽퍽 뿌려가며 자주 씻지 않아도 그냥저냥 살만하다는 게 참으로 신기했다.
어느새 손톱 밑에 까만 선이 그려져도 네일 아트의 원조라 우겨보고, 물 데워 앞에 놓고 쪼그려 앉아서는 두 손바닥 모아 살살 퍼 올려 행여나 물이 밖으로 튀어 나가는 일이 없도록 조심하고 또 조심하면서 심히 몸살을 앓고 있는 지구를 사랑하는 법을 터득하곤 한다.

시타와 소누(Sita & Sonu) 모녀

시타는 어린 딸 소누와 둘이서 살고 있다. 소누 아빠 수라즈 (Suraj)는 십여 년 전, 한국의 스티로폼을 생산하는 공장에서 기계 내부 청소를 하던 중, 그걸 모르고 한국인 기술자가 스위치를 작동시키는 바람에 영영 돌아올 수 없는 길로 가버렸다. 그때 20대 초반의 부인과 갓 태어난 아기를 세상에 남겨 두고서.

당시 이 문제를 해결하기 위해 네팔의 시골에 살고 있던 사망자의 아버지와 부인인 시타 그리고 통역관 자격으로 모노즈 교장선생님이 한국에 왔을 때, 이 사고의 보상 문제를 귀찮아하며 대충 처리하려고만 했던 사람들과 공항에서 크게 싸우는 바람에 9시 뉴스에 날 뻔 했던 일이 있었다.

큰 덩치로 내려다보면서 눈을 부라리며 위협적인 태도로 세실리아와 나를 짓누르려 했던 그들에게 얻어맞기를 각오하고 죽기 살기로 겁도 없이 대들다가 공항 경찰서까지 연행되었던 일이며, 내가 그렇게 용감할 수 있었던 것에 깜짝 놀랐던 일, 일그러진 얼굴과 몸을 펴서 수의를 입힌 남편과 몇 년 만에 재회한 시타의 울부짖음과 몸부림, 한 줌의 재가 되어 돌아온

아들을 작은 항아리에 넣어 품에 꼭 안고 다시 네팔로 돌아간
그의 아버지, 바쁜 와중에도 그 사건을 정직하게 해결하려 애
썼던 복지관 식구들을 생각하며 나는 얼마나 많은 눈물을 흘
렸던가?

그런 일로 안양에 머물렀던 그들을 초대해서 모노즈가 제일

먹고 싶다는 떡갈비와 카레를 해 주었는데, 소를 신성시하는 그들을 속였더니만 "한국은 부자 나라여서 돼지 갈비가 이리 크고도 맛있는 모양이네요?" 하며 맛있게 잘 먹었던 그 일이 아직도 나의 양심을 콕콕 찌르고 있긴 하다.

나흘 째 되는 날 아침 그녀가 왔다. 눈물이 그렁그렁한 나보다 더 씩씩해서 어찌나 마음이 놓이는지 꼬옥 안아주었다. 그동안 영어가 많이 늘어서 말을 길게 할 수 있어 더 좋았다. 세실리아의 소개로 경상남도 창원시의 권상철 선생님께서 소누에게 보내는 장학금과 학용품을 전해주셔서 또 눈물이 났다. 고마운 분의 심부름을 하게 된 것이 감사해서이다.

그간의 이야기를 들어본 즉, 남편의 사망보상금으로 시골에 땅을 사놓았고, 모노즈의 도움으로 학교에서 선생님으로 근무하며 경험을 쌓기도 했단다. 요즘엔 몬테소리 유아교육을 배우러 학교에 다니고 있으며 몇 년 후엔 그 땅에 유치원과 학교를 지어 운영할 거란다.

남편을 앗아간 한국을 원망하지 않고 한국 사람들을 좋아하며 당당히 살아가고 있는 그녀의 소식을 많은 사람들에게 알려 줄 수 있다는 생각에 신바람이 났다. 그 때 남편의 일이 잘 해결되도록 도와주어 고맙다는 뜻으로 시타네는 금일봉(?)을 세실리아에게 남겨 놓고 갔는데, 세실리아는 그 돈으로 컴퓨터 서너 대를 사서 학교(Future star English School) 에 기증했단다. 그것이 초석이 되어 지금은 10대의 컴퓨터가 있는 교실에서 학생들이 즐겁게 공부하고 있다. 교실 이름을 'Cecilia & Suraj 방'이라하면 어떨까?

컴퓨터실에 들어 설 때 마다 소누아빠에게 고맙다고 인사를 하게 된다.

네팔 아들 바즈라 (Bajra)

바즈라는 한국에서 노동자로 일하며 돈을 벌기도 했고, 인권운동을 하며 10년간을 바쁘게 지냈다. 한때는 한국 아가씨와 결혼을 해보려 했던 아주 한국적인 나의 네팔 아들이다. 안양에서 열리는 각종 행사에 참석할 때마다 '혹시 바즈라 연상의 연인?' 이란 눈총을 받기도 했었다.

그 아들은 추운 겨울엔 돌아가신 시아버님께서 입으셨던 점퍼를 즐겨 입고는 "엄마, 이거 할아버지 꺼, 따뜻해서 참 좋아요!" 하며 잘 웃었다. 돈벌이가 괜찮았던 땐 네팔의 모교인 초등학교에 팩스기를 갖다 주라는 심부름을 시키기도 했고, 내가 하는 일에 후원금을 보내기도 했다.

네팔 첫 방문 때 그의 가족을 만나 찍은 사진을 보며 "엄마, 얘가 누구예요?" 하며 자기가 한국으로 오고 난 이후 세상에 태어난 생면부지의 막내 동생임을 알고는 손 떨림 증세를 보이기도 했던 나의 네팔 아들. 그 아들이 한국에서 벌어 보낸 돈을 시골에 사시던 아버지가 받아 모았다가 도시에 살고 있던 큰아버지께 땅을 사달라고 맡겨 놓았는데, 아버지가 갑자기 돌아가시자 큰아버지는 '모르쇠' 가 되었단다.

아무것도 모르고 9남매 낳아 기르느라 병색이 깊어진 어머니, 이만하면 됐으니 너의 나라에 가서 장가도 들고 그곳에서

네가 할 일을 찾는 게 좋겠다며 출국을 강요했었고, 어쩌다가
전화를 하면 "얘, 전화비 비싸다. 잘 지내고 있는 게 효도란
다. 전화 자주하지 마라, 돈 든다." 하며 냉정했던 이 한국 엄
마 때문에 바즈라는 더 외로웠을 것이다.
　시타가 가고 난 후 신통하게도 그 아들은 아주 늠름한 모습

으로 엄마 앞에 나타났다. 노래를 좋아하여 각종 행사 때마다 나가 한국 노래를 구성지게 잘 불렀던 아들 앞에서 오카리나로 「아름다운 것들」을 연주해 줬더니, 어디서 많이 들어본 거라며 흥얼거리다가 이내 눈물을 보였다.

사람들이 '그 녀석 아는 게 많아 그런지 말도 많고 잘난 척한다.'고 뒷말 하는 걸 알고 있지만, 나는 그 아들을 믿는다. 진정한 네팔 사람이 되어 바쁘게 사는 모습이 기특하기만 할 뿐이다.

네팔 사람들이 다 같이 잘살기 위해서는 어쩔 수 없이 공산당인 친구들을 응원하여 국회로 내보내야 하기 때문에 그리 바쁘단다. '공, 공, 공산당?' 하며 눈과 입이 동시에 똥그래지며 바들바들 떠는 엄마를 향해 "한국하고는 다른 공산당이구요, 다 같이 잘 살아야하니 엄마가 이해하셔요!" 하며 부릉 부르릉 힘차게 오토바이 시동을 거는 아들에게 "그래 운전조심하고! 밥은 꼭 먹고 다녀야한다!"고 당부하고 그 녀석이 달려가는 뒷모습을 하염없이 바라보며 한참을 서 있었다. 동네 사람들은 그런 이방인을 보고 무슨 생각을 했을까?

2부

사랑의 고리

사랑의 고리

　어디서부터 말문을 열어야 할까. 어머님이 가신 지 6개월
후 아버님마저 세상을 떠나셨다. 두 분의 장례식과 49재를 집
에서 치렀다면 요즘 사람들은 아마 그게 무슨 소리냐 할 게
다. 어쨌든 돌이켜보면 그렇게 하길 참 잘 했다. 그때나 지금
이나 부족한 점이 너무 많은 이 며느리에 대한 사랑이 끔찍하
셨던 두 분, 그리고 일의 두미를 모르고 늘 허둥지둥하였지만
그래도 매사에 최선을 다했던 나, 모두가 인간인지라 가슴속
에 묻어 둔 말도 많았을 게고, 뜬금없이 미웠을 때도 여러 번
있었을 게다.
　내 손을 꼭 붙잡고 "에미야 미안하다, 그리고 고맙다!" 하시
며 어머님 곁으로 가신 아버님을 위해 49일 동안 아침, 저녁
으로 상을 차려 절을 올린 후, 안부를 여쭙고 가족의 소식을
전하였던 일을 지금 생각해보면 얼마나 잘 한 일인지!
　눈물과 웃음 그리고 진실이 넘치는 대화를 할 수 있었다. 말
씀드리면 신경 쓰실까 봐 비밀로 감춰 뒀던 일들, 조금은 섭
섭했던 순간들, 그때의 진심은 그게 아니었다며 사과드리고
싶었던 기억들이 참으로 다양하게 거기 영정 앞으로 매일 찾
아들었다.
　49일 동안 그때의 눈물 섞인 진솔한 대화 덕분에 부모님들
께서도 마음 홀가분하게 가셨을 게고, 나도 지금 이렇게 새록

새록 생각나는 그때 이야기를 할 수 있는 게 아닐까?

처마 끝 양지쪽에서 무청을 엮으시며, 당신 옆에 쪼그려 앉아 수줍어하던 나에게 하셨던 말씀이 49재를 모시는 동안 귓가에서 맴돌았다. "애기 낳아 잘 키워놓고 너 하고픈 일 하렴. 좋은 일하겠다며 시집 안 온다고 우리 애기가 그랬는데 내 욕심에 널 데려와 미안하구나."

아버님이 돌아가신지 마흔아홉째 되던 날 나는 순탄치 못했던 내 삶의 방향을 재정비하기로 맘먹었다. 워낙에 아버님의 덕망이 높으셨기에 장례를 마친 후 7남매가 조금씩의 돈을 나눌 수 있게 되었다. 갚아야 할 빚도 있고, 사야 할 것도 있고, 그리고 애들을 위해 써야 할 일도 있지만, 그게 무슨 의미가 있을까? 그렇게 아무 생각 없이 쓰고 나면 아버님께도 너무 죄송하고, 훗날엔 나도 후회하게 될 것 같아 의미 있는 일을 찾기로 했다.

애기라고 불러줄 분들이 안 계셔서 그랬는지 그때부터 갑자기 어른이 된 듯했다. 한동안 숨도 못 쉬고 있던 그 돈은 교장선생님의 동생인 에스몬(Asmon)의 대학 등록금으로 힘차게 날아갔다. 그 후 냉정하게 그만 둘 수가 없어서 졸업 후 대학에 진학하는 우리학교 학생들의 입학금을 매년 보조해 왔다. 아버님이 남기고 가신 사랑의 고리는 그렇게 길게 꼬리가 이어졌다.

장학생들과의 만남

네팔은 우리와는 달리 7월에 대학 입학시험이 있다. 1,4,7,10월에 학교운영지원금 및 장학금을 보내고, 7월엔 대학입학 보조금액까지 합쳐서 보내야 하니, 5,6,7월엔 일당 준다는 곳이 있으면 어디라도 가야하는 내 신세지만, 그게 순조롭게 이루어지니 신기하고 마음이 푸근하다.

어쨌든 전액은 아니더라도 조금만 보태주면 대학에 다닐 수 있는 학생들이 매년 서너 명이나 된다. 참 좋은 일이긴 한데, 학교선생님들이나 학생들이 내가 돈이 많아 그런 일 하는 줄 알까봐 간간이 걱정이 되기도 하다. 한 번 쯤은 제동을 걸어야 할 때가 온 듯하여 '야! 내가 니들한테 그 돈 만들어 보내느라 얼마나 애쓰고 있는 줄 아냐? 흥, 세상에 공짜가 어딨겠어, 나중에 갚아야지! 명심하렷다. 이놈들!' 이 말이 하고 싶었던 게다.

우리나라 경제발전에 전혀 도움이 안 되는 사람으로 사는 것도 녀석들 때문이고, 재활용의 귀재 수준에 이른 것도 그들 덕분이니 이만하면 큰 소리 칠 자격은 있지 않나 자평하면서 약속 장소로 가는 동안 영어로 연설할 준비를 하며 걸었다.
에구 에구, 연습만 잘하면 뭐하누? 코흘리개였던 녀석이 나

50

보다 훨씬 큰 총각이 되었고, 날 보면 수줍어 눈 맞춤도 못하던 소녀가 선생님이 되어 내 앞에 서 있으니 맹연습했던 그 명문장들은 어디론가 잽싸게 줄행랑을 쳐버렸다.

"애들아, 많이 먹어라. 너는 예쁘고, 너도 멋있구나!"란 소리만 해댔다. '그 돈 보낼 때마다 힘들다고 투덜댄 거 너무 미안해. 너희들 때문에 나는 중고 옷에 몸을 맞출 줄 아는 희한한 기술을 터득했고, 버스 안에서 점심으로 먹는 떡이나 빵도 너무 맛있단다. 그리고 나는 걸어 다니는 걸 좋아해서 다리도 튼튼해'라는 생각이 문득 떠올랐다. 맙소사, 나도 모르게 그 장학생들에게 감사의 인사가 불쑥불쑥 튀어나오는 게 아닌가? 정신을 바짝 차리고 "뭣이든 질문을 하는 사람에게만 선물을 주겠다."며 안양 탁구교실 자판기 수익금으로 만들어 온 손톱깎이 세트를 살짝 보여주며 장난을 쳤다.

선물을 받아가려 했던 것은 아닌 줄 알았으나 어찌 되었든 질문 내용 너무 훌륭하여 쩔쩔매고 안간힘을 쓰긴 했지만 내 기분은 최고였다. Future Star English School과 장학회를 설립하게 된 동기를 설명할 땐 사랑의 고리가 되어 주신 아버님이 그리워 내 눈시울이 뜨거웠다.

가난한 나라에서 열심히 공부하여 UN으로부터 장학금을 받아 호주에서 공부하는 캄보디아 아들 이야기를 듣고 있던 그들의 눈엔 부러움이 그득해 보였다. 네팔과 한국 교육의 비교 분석, 한국인이 본 네팔의 변화와 발달 가능성 등등 그 누가 봐도 멋진 대화였다.

12명이 모여 푸짐한 저녁식사와 좋은 이야기로 꽉 채워진 훌륭한 세 시간짜리 모임이었다. 질문에 대답을 하며 나도 하고팠던 말을 많이 끼워 넣었다. 장학금 덕분에 총명해진 것인지, 아니면 녀석들이 원래 똑똑한 것인지, 하여튼 내가 영어로 말할 수준은 훌쩍 넘어선 듯해 배석했던 모노즈 교장선생님이 통역을 했다. 그 역시 제자들이 그런 생각을 하고 있는 줄은 꿈에도 몰랐다며 무척 기뻐했다.

녀석들에게 숙제를 내 주었다. 앞으로 한 5년 동안 이렇게 장학금을 보내 후배들을 키워 줄 터이니 그 후로부턴 장학생들끼리 자체적으로 장학회를 이끌어 나아가고, 서로 돕고 잘되기를 응원하여 네팔 사회발전에 꼭 필요한 존재가 되어야 한다고.

사람들은 요즈음 같은 세상에 49재 그런 거 왜 하느냐고 이해 할 수 없다는 반응들이었다. 은화와 두화도 그땐 아마 엄마가 미웠을 게다. 먹고 싶은 거, 사야 할 거 많은데 정말 우리 엄마 맞나 했겠지. 그렇지만 오늘 저녁 나는 분명히 느꼈다. 그 녀석들이 일면식도 없는 사랑의 고리가 되어주신 한국의 안양 할아버지께 깊이 감사하고 있다는 걸. 그리고 이 흐뭇함은 그 어떤 가격으로도 매겨질 수 없다는 것도 깨달았다.

교장선생님 그리고 먼 시골에서 이 모임을 위해 달려온 녀

석들과 함께 집으로 오는 길은 멀고 사방은 캄캄했지만 우리
들 모두의 마음은 방긋방긋 환하게 웃고 있었다.

비니타와 모노즈 부부

비니타(모노즈 교장선생님의 부인) 는 두 딸이 잠든 후, 따뜻한 물을 내 보온병에 넣어가지고 들어와 남편 옆에 앉는다. 남편과 내가 한국말과 영어로 이야기하는 동안 꾸벅꾸벅 졸기도 하고, 남편이 네팔말로 통역해 주면 웃기도 하며 자기의 의견을 말하기도 한다. 모노즈와 내가 오늘 한 일과 내일의 일정에 대하여 이야기를 주고받는 동안, 비니타는 눈치로 대부분을 알게 되지만 하루도 빠지지 않는 우리 모임의 모범 회원이다.

우리 셋이 모이면 굳이 네팔말로 통역을 부탁하지 않아도 동시에 전달되는 시스템이 가동된다. "비니타, 내일 밤엔 대문 잠그지 말아야 해. 나 내일 아침 마니 라마 아저씨하고 트레킹 가는데 말이야, 그 아저씨가 뽀뽀하자고 하면 다시 돌아올 거거든, 알았지?" 했더니, 비니타는 하하 웃으면서 "언니, 요즘 네팔은 많이 발전했어요. 남자 가이드가 여자 손님을 모시고 가거나, 여자 가이드가 남자 손님과 함께 트레킹 가는 경우가 많거든요. 그냥 트레킹이고 일이에요. 그리고 그 아저씨 좋은 분이라고 들었으니 문 열어놓지 않아도 될 것 같은데…"라고 응답하였다. "네팔 올 때마다 남편 모노즈 또는 시동생 에스몬(Asmon)과 시간을 많이 보내는 것은 모노즈의 한국말은 내가 알아듣고, 내 영어는 에스몬이 이해하였기 때문이었어. 그리고 나는 여기 시어머니가 '나니'라고 부르실 때부터 이 집의 식구가 되었기에 네팔에서 편하게 일할 수 있었지. 만약 내가 처음 방문 때부터 지금까지 모노즈나 에스몬을 남자라고 생각했다면 아마 오늘의 이 순간은 없었을 거야. 그러니까 나는 마니 라마 아저씨하고도 그렇게 마음이 통하는 친구가 되고 싶은데, 그게 가능할까 비니타?" 하며 내 마음의 짐을 은근슬쩍 내려놓아 봤다.

비니타와 모노즈는 20대에 만나 사랑했단다. 9남매의 맏이로 동생들을 공부시켜 보려고 한국에 와서 잠시 돈을 벌어 돌아가겠다던 모노즈의 체류기간이 예상 밖으로 길어져 8년이라는 세월을 떨어져 보낸 후, 귀국하여 늦게 결혼한 부부다. 동생들 공부시키고 집도 사라고 힘든 일 궂은 일 마다하지 않고 밤낮없이 일해서 돈 벌어 보냈더니 웬 셋방살이?

너무 기가 막혀 한국 노래를 부르며 참 많이도 울었단다. 그건 그렇고 8년이란 세월 속에 뭔 소문은 없었을까. 이랬다더라, 저랬다더라, 확인되지도 않은 남의 사생활 얘기에 에너지 쏟아 붓는 건 동서고금 남녀노소를 막론하고 똑같은 모양이다.

한국에서 동거했던 여자가 있었는데 그 여자가 바로 저 여자라네. 아이고, 그 여자가 나인 줄을 세 번째 방문쯤에 알았으니, 그 동안 비니타의 마음고생은 얼마나 심했을까! 그때

난 눈치코치도 없었고, 말도 통하지 않았으니 쯧쯧!

'웬 강아지 풀 뜯어 먹는 소리!' 냐고, '나도 그런 누명 쓴
게 억울하다!'고 맞장 떠볼 걸 그랬나. ㅋㅋ 안 그러길 잘 했
지! 비니타가 부드럽게 미소 지으며 말했다. "언니, 그 아저
씨랑 무슨 일 있어도 남들이 흉보지 않아요. 법적으로도 아무
문제 없고요! 더구나 두 사람이 믿고 솔직하게 마음 열어놓으
면 언니가 바라는 그런 좋은 친구가 될 수 있을 거예요. 그리

고 거기는 아주 높은 산이니까 밤엔 못 내려와요. 춥고 배고 프고 그리고 호랑이도 있을 텐데 생각만 해도 무섭잖아요? 그러니까 내려올 생각하지 말고 좋은 여행하고 오셔요!" 라고.

"하이구, 누가 언니이고 누가 동생인 겨?" 하며 툴툴대기는 했으나 몇 년째 묵어있던 체증이 확 뚫린 시원한 기분으로 잠을 청했지만, 막상 내일 그 아저씨랑 트레킹 떠날 생각 앞에서는 신호등이 깜빡깜빡하였다. 이럴 땐 이렇게 말해야 하고, 저럴 땐 저렇게 해야 하고 빨갛고 노랗고 파란 불들이 번갈아 신호를 보내니 새벽녘까지 말똥말똥, 잠보인데도 좀처럼 잠을 이룰 수가 없었다. 게다가 '나니, 이제부터 며칠 동안은 진짜 영어만 쓰면서 살아야 하는데 이를 우짜노!' 하며 엎치락뒤치락하다가 '에라 모르겠다! 손, 발, 몸뚱이 아껴두었다가 어디다 쓰겠나. 온몸으로 말하면 되지 뭐!' 하며 똥배짱으로 밀어붙인 후 가까스로 눈을 좀 붙일 수 있었다.

오두방정이 꿈속까지 찾아와 놀다갔던 28일 새벽이었다.

마니 라마(Mani Lama)와 트레킹하며

새벽에 모노즈가 한국어 학원으로 강의하러 나가는 소리에 잠이 깼었다. 두세 시간 잤나? 뜨거운 물 부은 누룽지탕, 제주감귤표 콩자반, 고추장 그리고 비행기 기내식으로 나왔던 김 한 봉지를 아침으로 먹었으니 이만하면 트레킹을 위한 영양식으로 괜찮겠지(?)하며, 가방을 꾸려 비니타의 도움으로 택시를 타고 나의 트레킹 파트너를 만나러 갔다.

마니 라마, 그는 네팔에서는 비교적 많이 알려진 사진작가이다. 국제사진콩쿠르에서의 입상 경력이 좋아 그런지 경기문화재단의 초청으로 두 번이나 한국에 다녀간 경험이 있고, 인사동의 어느 갤러리에도 그의 작품이 전시 된 적이 있었다.

어쨌든 마니는 첫 번 한국 방문 때 세실리아의 소개로 우리 집에 머물렀다. 그때 우리는 많은 이야기를 나눌 수 있었는데, 미국에서 대학을 졸업한 그의 유창한 영어는 내 앞에선 이따금씩 멈칫하면서도 그럭저럭 내겐 잘 들렸다. 하지만 어떤 말은 다시 듣기를 하여야만 이해할 수 있었고, 그도 안 되면 내 귀에 들어온 몇 개의 단어에 바디랭귀지를 첨가하면서 비교적 큰 문제없이 보름동안 그의 한국 생활과 제주도여행을 도울 수 있었다. 헌데 나의 영어는 감정이 실리기는커녕 주어, 동사, 에구에구 그놈의 8품사를 바리바리 꾸리다가는 휘휘 돌아 딴 길로 들어서는 등 우스꽝스러운 순간을 경험하기도 했다.

그는 참으로 맑은 사람이었다. 내 심장 뛰는 소리가 밖으로 들릴까 봐 조바심 피우다가 걸핏하면 한국말이 튕겨 나오기 일쑤였던 내 엉터리 영어도 잘 알아듣고 그걸 쉬운 영어로 잘 정리하여 주었으며, 그럴 때마다 무겁기만 했던 나의 인생관이나 고정관념의 무게는 조금씩 가벼워지기도 했다. 게다가 프라이팬에 빵 굽는 거며, 커피 끓이는 게 예사 솜씨가 아니었던 마니 라마와 다시 만나 치소파니(Chisopani –찬 물)를 향해 3박 4일의 트레킹이 시작되었다.

짐 때문에 택시를 타고 트레킹 출발지인 '순대리잘(Sundarijal)'이라는 동네에 내렸다. 마니가 포터를 구하는 동안 산 초입에 있는 상점들 앞에서 동네 사람들과 허물없이 인사를 주고받았다. 인사라야 말이 통하는 것도 아니고 달랑 미소뿐이지만 그것만으로도 충분하였고, 대바구니에 뉘여 있는 진짜 나니인 3~4개월쯤 된 여자 아기에게 "나니, 까꿍!" 하면서 얼러보는 것으로도 나는 이미 그들의 이웃이 된 것이다.

'포터 혼자 끙끙거리며 힘겹게 산을 오르면 나는 어쩌지?' 걱정 했는데, 마침 우리가 가려는 치소파니에 사는 젊은 부부가 시내에 볼 일이 있어 내려왔다가 귀가하던 중 우리를 만나 그야말로 '아, 아, 아르바이트!'를 하게 되었다. 비교적 키도 컸고 부인과 함께 가게 되었으니, 얼쑤, 누이 좋고 매부 좋고! 우리 모두는 상쾌하게 출발 할 수 있었다.

내 영어실력이 짧아 마니가 심심하지 않을까 염려스럽다며 입을 삐쭉거렸더니, 걱정이 많으면 걷기 힘든데 '나니'는 이름답고 착한 걱정하느라 고생 많았다며, 본인은 사진기라는 훌륭한 장난감이 있어 괜찮으니 마음 편히 걸으라고 했다.

공항에서는 눈꺼풀이 그리도 무거웠는데, 우짤꼬잉 눈꺼풀은 그냥 확 내려버리면 그만이지만, 쓸데없는 근심으로 무거워진 분위기는 어쩐다냐, 하면서 발걸음보다 사뭇 조심스러워진 가슴을 남 몰래 꼭 껴안고 걸었다.

내 삶의 응어리도 풀어지지 않은 채 나를 짓누르고 있을 거라는 생각에 눈물이 주르륵 했으나, 다른 이들이 보기엔 땀이 되어 흘러내렸다. 그럴수록 더 숨 가쁘게 발길을 옮겼다. 찰칵찰칵 그가 사진 찍는 소리, 그 셔터 소리가 내 거친 숨에 쉼표를 표시해 줬다. 짧게 또는 2분 쉼표나 4분 쉼표로 다양하게 말이다. 숨이 찰수록 모든 것이 단순해지는 게 신기했다. 그야말로 숨 쉬는 것 이외엔 아무것도 할 수 없는 시간과 공간 속에 갇혀 있게 되는 그 순간이 좋아졌다. 그 속에 오래도록 머물고픈 야릇한 욕망도 자연스레 솟구치곤 했다.

무엇이 보이느냐가 문제가 아니고 무엇을 보느냐가 문제라던 소로우(Henry David Thoreau)의 말 그대로, 가파른 산 위에서 나는 한적하고 예쁜 길을 보았다. 그리고 그 길 위에서 아주 단순함을 느낄 수 있어서 너무 행복했다. 아! 삶도 그토록 숨이 차다가 어느 때쯤부터는 이렇게 맑고 고요할 때가 있겠구나 싶었다. 해발 2,940m에 마니가 이름 붙인 'Peace Road'를 아끼면서 살금살금 걸었다. 저만치 앞서서 다정하게 걸어가는 포터 부부가 저녁노을 빛 속에서 더 아름다웠던 그 길, 그래서 누군가 말했나 보다, 네팔은 "Never Ending Peace & Love"(영원한 평화 그리고 사랑) 라고.

마니는 역시 프로였다. 내 눈엔 그저 염소 두 마리가 놀고 있는 게 보였는데, 그의 화면에는 그 바로 뒤쪽에 있는 네팔 전통 가옥의 살짝 그을린 흙벽돌이 잡혀 있었다. 포터와 그 부인이 라면을 먹으며 서로 배려하는 순간을 찍었을 거라 생각되어 보여 달라했더니, 라면 씹을 때마다 햇빛에 반사되어 찰랑이는 여인네의 귀걸이가 눈에 들어온다. 예술이다, 예술!

마니는 사진을 찍을 때보다는 찍고 난 후가 더 훌륭한 사진 작가라고 말하고 싶다. 흥! 중국산이 아닌 순 국산 서리콩깍지가 씌워졌다 해도 할 말은 해야지! 전문가로서 그가 선택하는 주제가 탁월하다는 것 외에 사진을 찍으면 바로 사진의 주인공에게 다가가 그걸 꼭 보여준다. 체구도 작은데다가 구식 사진기와 가방이 무거울 텐데, 아무리 갈 길이 바빠도 꼭 보여준다. 웃으면서 부드럽게 설명까지 곁들이는 그의 자상함이 놀라웠던 동행이었다.

치소파니를 향해 가면서는, 길에서 만난 원주민들과 사탕도 나눠 먹고, 아이들한테는 연필을 선물로 주기도 했다. 음매에 하며 그들만의 말을 하는 염소 가족들, 곳곳에 피어나 생긋생긋 웃으면서 우릴 반기는 꽃들, 점잖게 체면치레 하느라 눈만 껌뻑거리는 소들, 재잘재잘 마치 우릴 환영하듯 노래 부르는 산새들… 모두가 소중한 존재들이고, 어느 것 하나 사랑스럽지 않은 것은 없었지만, 그래도 '사람'이 제일 반가운 것은 여기서만 그런 건지, 아니면 나만 그리 느끼는 것인지 헷갈려 할 때, 마니의 사진기엔 '네팔 산골 할머니와 나니'가 나란히 한 곳을 바라보는 모습이 잡혀 있었다.

그가 말했다. '30년 후 나니의 모습'이라고. 30년 후엔 나도 그 할머니처럼 예뻐지도록 노력하겠다고 인사치레는 하였으나, 그게 쉽지는 않겠다는 생각에 꼬리를 팍 내리고 말았다.
우리들의 의지와는 전혀 상관없이 눈가와 이마를 마구 공격하는 주름살을 달래보고 없애보려 애쓰고 정성을 들이는 우리네들보다, 화장품이란 용어도 모르는 채 살아온 그 할머니가 훨씬 더 고우신 것은 나만의 느낌인지는 알 수가 없었다. '욕심 없는 인생의 흔적이 만들어낸 주름진 얼굴은 아름다울 수밖에 없겠구나.'라는 결론에 도달할 때쯤에 치소파니가 보였다. 자그마한 산동네 가운데 자릴 잡은 로지에 여장을 풀었다. 낮 동안 태양열에 데워진 따뜻한 물로 오랜만에 샤워를 하며 '찬물이라는 산동네에서 뜨거운 물로 목욕하는 나니 기분 좋아요!'라며 음정도 박자도 미적지근한 콧노래를 만들어

보기도 했다.

숙소 이래층에 있는 식당은 늘 그렇듯이 각지에서 모여든 여행객들이 모여 자연스런 문화교류는 물론 여행정보교환이 원활하게 이루어지는 미니 월드다. 내 귀에 들리는 언어와 마니의 눈짐작으론, 호주, 뉴질랜드 그리고 독일 출신이 확실시되는 사람들이 랑탕으로 가는 길목인 이곳에 모여 먹고 마시고 토론하느라 시끌벅적했다.

우리는 네팔 식으로 저녁 식사를 하면서 주인아저씨와 친해졌고, 아이들 이야기를 했다. 다행히도 마니가 두 딸에 대한 사랑이 깊어 조금도 어색하지 않은 시간이 될 수 있었다. 공동의 관심사가 있다는 게 이렇게 사람의 마음을 편하게 해줄 줄은 예전엔 미처 몰랐었다.

주인아저씨의 도움으로 내일 방문할 학교도 알아 놓았고, 하루 종일 걸었으니 잠 잘 일만 남았기에 잘 자라는 인사를 나눈 후 나란히 붙어 있는 각자의 방에 들어 갔다. 어찌나 춥던지 바지랑 윗옷을 세 개씩 끼워 입고 두꺼운 양말까지 신고서야 침낭 속으로 몸을 집어넣을 수 있었다.

따뜻한 온돌방과 솜이불에 대한 그리움은 수건으로 얼굴을 훌떡 덮고서야 잊을 수 있었다. 깜깜함과 고요함 속에 기도는 자동이요, 은화, 성현, 두화 그리고 여러분들의 얼굴을 차례로 떠올리며 인사를 하다가 잠이 들었나 보다.

치소파니 러버

마니의 노크 소리에 잠이 깼다. 따뜻한 물을 들고 들어와 아침 인사하는 손님을 눈곱은 덕지덕지, 머리는 산발인 채 맞았으나 전혀 창피하지 않았다. 어디 그 뿐인가, 그렇잖아도 먹보인데다가 밤새 추위에 시달려 출출하였던 터라, 그날 아침에 손님 앞에서 사과 두 개를 뚝딱 해치우고서야 하루 일정을 의논할 수 있었다.

세수를 하고 아침 식사를 기다리는 동안 사진 찍히기를 자청하였다. 어느 새 마니의 사진모델이 되어가고 있는 내가 너무 신통했다. 이번 촬영의 주제는 '허리띠'다. 원래 허리띠와는 친하지 않았건만 어제 등산다운 등산을 했더니만 허리가 잘록해졌는지 바지가 헐렁헐렁해졌다. 연필이랑 사탕 박스를 붙들어 맸던 헝겊 끈이 눈에 띄어 그걸로 벨트를 대신하고는 'Belt CF'이니까 잘 찍으라고 으름장을 놓으며 크게 웃었던 그날, 아침의 메뉴는 '할렘부 스페셜'이었다. 이름만으로도 그림이 그려지듯, 식사 후 내 앞에는 깨끗하게 비운 접시가 무려 여섯 개나 두 줄로 놓여 있었다.

이번엔 마니가 CF를 찍자고 했다. '대식가의 모습'이라며 허리띠 모델이 이렇게 많이 먹는 것은 뭔가 앞뒤가 상당히 맞지 않아 이상했지만, 가타부타 말없이 그냥 통과! 그리고 하하하 크게 웃으며 밝은 햇살과 맑은 공기 마음껏 들이키면서 2월의 마지막 날을 시작하였다.

2,940m, 그 높이 값 하느라 따가운 햇볕 속에서도 차가운 기운이 느껴져 비니타가 챙겨준 판초로 온몸을 뒤덮고, 모자 대신 넙적한 수건으로 머리를 싸매고, 저 아래 한 시간 거리쯤에 있다는 학교를 향해 출발하였다.

세실리아가 "어느 일본인과 '안양 빚진 자들의 집'의 송선생님이 좋은 일에 쓰라고 주셨다."하며 건넨 돈으로 준비한 연필과 사탕이 가득 들어있는, 배가 뽈록해진 우리 배낭을, 그 배낭과 꼭 닮은 로찌(Lodge)의 주인아저씨가 그걸 메고 앞장을 섰다. 아이고, 고마워라. 그리하여 자칭 복덩이인 나는 그 아저씨를 '치소파니 러버'라고 불렀지요! 으메 ~ 치소파니 러버는 너무 좋아 입은 귀밑까지 올라갔고 눈물이 그렁그렁 했더래요! 하하하, 불현듯 '갑돌이와 갑순이' 타령이 생각나기도 했다. ㅋㅋ!

네팔 말로 대화하는 두 남자 사이에 낀 행복한 네팔 벙어리가 된 나는 꼬불꼬불 오르락내리락 하느라 헉헉거리다가 가끔씩은 까치발을 하고 팔을 쭉 들어 올려 구름을 만져보려 하기도 했다. 한 시간은 무슨 두 시간은 걸었구먼!
어쨌든 마을이 나타나면 치소파니 러버는 사람들과 인사를 하고 어찌어찌해서 이 사람들과 학교엘 가는 중이니까 애들한테 빨리 학교에 오라고 말하는 것 같았다. 아뿔싸, 나는 네팔

서당개가 되었구나! 그때 마니가 통역해 준 말은 충격적이었
다. 산 위의 로지에는 큰부인이 살고, 여기 이 골짜기엔 작은
부인이 산다나! '아니! 그럼 이 인간이 '치소파니 러버'라고
불러주는 나를 세 번째라고 여겨 그리 좋아한 거? 흥, 어림도
없지!' 하고 째려 봤지만, 이상하게도 앞뒤 좌우 사방이 똥글
똥글한 그 아저씨가 조금도 미워지지 않으니 이게 웬 일이람.
　비탈진 밭에서 자라고 있는 곡식들과 앞마당에서 눈을 크게
뜨고 이방인인 나를 바라보는 소와 염소들이 하는 말을 바람

이 전하여 주듯, 땀 식히려고 판초와 머리 수건을 벗어젖히는 순간 '나니, 너도 이곳에 살아봐라!' 는 짧은 한마디가 홀연히 내 머리에 들어왔다. 그랬구나. 척박한 환경의 이 깊은 산골에서는 넉넉지 못한 식량에, 아파도 병원 갈 엄두도 못 내고, 돈벌이 되는 것도 없으니 인구는 점점 줄어들 거고 그러니까 일부다처제가 필요하겠구나. 허긴, 히말라야의 어느 지역에선 형제 공처가 아니면 그 사회가 붕괴될 수도 있다는 걸 '차마고도' 라는 다큐멘터리를 보고서야 이해했으니, 어쨌든 지역의 특성을 고려하지 않고 우리식으로 싸잡아서 도덕이니 윤리니 하며 잣대를 들이댔던 걸 조용히 사과했다.

꿀 먹은 벙어리처럼 입을 꾹 다물고 치소파니 러버의 뒤를 따라가는데, 그 아저씨가 훌륭해 보이는 건 또 뭔지. 단연코 뺑덕어멈 성향은 아닌데 변덕이 죽 끓듯 했다. 어찌됐든 로찌를 운영하며 여행객들에게 편의제공하고, 마을 사람들의 일자리를 창출하고, 오늘처럼 학교에 도움이 되는 일엔 다리 품 팔아가며 앞장서고, 두 집 살림하랴 애쓰고, 그래서 이 산속 마을 인구를 늘려 놨다면 대단히 훌륭한지고!

Shree Bishnu Primary School 방문

양지바른 산골짜기에 그 이름도 긴 'Shree Bishnu Primary School'이 있었다. 140명의 학생에 선생님은 단 두 분밖에 없다. 아이들은 아프거나 집안 일 돕느라 결석이 잦고, 선생님들은 근무여건이 안 좋으니 오래 있질 못하는 걸 나 같은 수입 서당개도 금방 알 수 있었다.

우리를 맞이한 선생님은 한쪽 눈에 심한 장애가 있어 눈길을 주고받을 수 없으니 대화도 어물쩍 대충 넘어 갈 수밖에 없고, 다른 한 분은 너무 수줍음이 많은 아가씨라서 멀리서 바라만 보고 있었다. 원래 신발이나 가방은 없는 건지 빨리 뛰어나오느라 그런 건지 맨발로 서 있는 녀석들, 그리고 낡은 옷차림과 함께 눈곱, 콧물이 더 어울리는 꼬마들과 인사를 했다. 학생들도 선생님들도 서너 명의 마을 사람들도 그리고 나도 완전히 무표정이었었다. 굳어 있던 녀석들의 얼굴은 사탕이 풀어줬고, 손에 받아 든 연필로 생기를 얻은 듯 분위기가 말끔히 쇄신된 순간, 마니의 성화에 못 이겨 그들 앞에서 오카리나를 연주하게 되었다.

이 깊은 산 속에서 살고 있는 아니 대자연의 품에 안기어 사는 그들 마음만이라도 풍요롭기를, 그래서 시인같이 맑고 고운 영혼이 그들 안에 스며들기를 바라는 마음으로, 「학교 종이 땡땡땡」이나 「나비야」를 할까 하다가 수준 쭉 올려서 「시인과 나」를 들려주었다. 오카리나도 고산증을 앓는 건지 아니면 잔인한 가난에 시달리는 꼬맹이들을 보고 놀랐는지, 고음 처리가 잘 안되었다.

부지런히 셔터를 눌러대는 마니를 앞세우고 서너 명의 마을 사람들에게 다가가서 사탕과 연필을 선물로 건네주며 '이거 받으면 아이들처럼 공부 열심히 해야 한다'고 말해 달라고 했더니, 말을 알아들은 그들이 조금 후 크게 웃었다. 그제야 우리들은 가까워질 수 있었고, 한쪽 눈으로만 볼 수 있는 그 선생님과도 처음과는 달리 자연스런 대화를 할 수 있었다. '그렇구나! 눈을 맞추며 대화하는 것도 좋지만, 마음을 열고 다가가는 것이 더 진하구나! 이 깊은 곳에서 살며 사람의 정이 얼마나 그리웠을까?' 하는 생각들이 그 짧은 순간에 끊임없이 모락모락 피어 올랐다.

마음 약한 나는 그 학교를 그냥 돌아 나올 수 없어 전교생 140명에게 공책 한 권씩을 선물하겠다는 약속을 했고, 치소파니 러버는 크게 기뻐하며 선생님께 뭔가 (로지에 공책 도착하는 대로 갖다 줄 터이니, 애들한테 잘 전해주고 공부 잘 가르쳐달라) 부탁하는 듯했다. 선생님들과 마을 사람들이 모두 좋아하는 모습을 본 후에야 우리는 산 위쪽으로 발길을 돌릴 수 있었다.

동행

산 위 마을 골목에서 찌아(차)를 마시며 동네 분위기도 함께 둘러봤다. 햇볕을 쬐며 앉아있는 노인들이 아주 편안해 보였다. 사람이 자연을 알아 가면 외롭지 않은 게 아니라 외로움을 견디는 힘이 생긴다더니 정말 그랬다. 비록 주름투성이에다 남루한 옷차림이지만 그분들의 표정은 조금도 빈한해 보이지 않았다. 아무나 받을 수 있는 게 아닌 소중한 선물이라며 미소로 축하해 드렸다.

그 작은 산동네에서 나는 흘러가는 인생에게 다짜고짜 시비를 걸고, 붙잡으려 떼를 써보기도 하고, 삶을 복잡하게 만든 내 자신을 뉘우쳤다. 다행히 때마침 불어오던 산바람에게 사정 사정 하고서야 그 미안함을 다 날려 보낼 수 있었다. 야~호!

'집으로 가는 길은 어디서라도 멀지 않다'고 했다. 그 히말라야산맥 줄기의 내 집인 로찌로 돌아와 마니가 챙겨온 한국 라면을 끓여 먹었다. 아, 꿀맛이다. 식당에서 부지런히 왔다 갔다 하는 꼬마 종업원은 나와 마주치면 수줍은 듯 미소만 짓고는 일단 피한 후, 저만치 기둥 뒤에서 한쪽 눈만 빠끔히 내놓고 내가 뭘 하나 보곤 하였다. "나니, 저 꼬마 볼 때마다 무슨 생각하나?" 하며 눈치 빠른 마니가 대뜸 물었다. 똬리를 틀고 있던 내 꿍꿍이셈이 들통 나는 순간, "음, 아들 삼고 싶어서…. 우리 학교에 데려가서 공부시키고 싶어지네." 하며 이실직고 하였다. 내 그럴 줄 알았다는 듯 크게 웃으며 마니가 말했다. "도대체 이 세상에 나니의 아들딸은 몇 명이야? 그리고 애인들은 곳곳에 어찌 그리 많은 거야?" 라고.

영어를 잘 모르는 치소파니 러버는 앞뒤 말은 꿀꺽 다 삼켜버리고 '러버'란 말만 들리면 싱글벙글, 한국 라면은 꼬불꼬불, 우리들은 하하하! 한적했던 그 로찌에 웃음꽃이 활짝 피었다.

로찌에서 보이는 조용한 산 위의 마을을 돌아 반대쪽으로 가 보았다. 산모퉁이를 돌고 또 돌면서 멀리 구름에 가려진 히말라야를 바라보았고, 길가 풀숲에 피어있는 작은 꽃들에게 뺨을 비벼 보기도 했다. 아무도 다니지 않는 듯한 그길 맞은편, 손 끝에 보이는 곳, 그곳이 마니의 고향이란다. 그러나 일주일 이상을 걸어가야 한단다.

고향을 마음에 품고 사는 것은 인지상정이런가. 아니면 우리가 나이 들어 그런가. 그것도 아니면 아예 그런 사람이 정해져 있는 걸까? 생각하며 나란히 앉아 그 곳을 바라보았다.

구름이 이따금씩 우리에게 그곳을 보여주려고 살짝 걷혔다가는 다시 덮어버리기를 반복하며 앙탈을 부리는 것은, 아마 애향심을 자극시키며 '언제라도 환영하겠다.'는 뜻이 아닌가 하는 생각이 들기도 했다.

쓸쓸했다. 이유야 어찌됐든 간에 원만한 결혼생활을 하지 못한 것으로 인해 상처받은 아이들에 대한 미안함, 자식에게 결코 짐이 되어서는 안 되겠다는 다짐, 늙고 병들고 외로워지면 우리의 미래는 그리 밝지만은 않을 거라는 똑같은 견해가 같은 방향을 바라보는 우리의 마음을 꼭 채우고 있었다.

짙은 선글라스 안의 눈물방울 속에 빨간 불이 어른거렸다. 언제 어디서라도 '이성' 이야기는 적어도 내게 만큼은 선택사항이었는데 이번엔 좀 긴장도 되고 바로 내 앞에 걸림돌이 되어 굴러와 있었다. 내가 먼저 두서없이 얼버무렸다.

내가 여섯 번이나 여길 왔다 갔다 했는데도 이리 편한 걸 보면, 네팔은 기필코 나하고 아주 특별한 인연이 있는 게다.
만약 그 동안 내가 어떤 사람과 그런 문제로 고민을 한 적이 한 번이라도 있었더라면 여기까지 오지 못했을 게다. 수많은 아이들에게 도움을 주지도 못했을 테고, 나를 좋아하는 많은 사람들을 떳떳하게 만나지도 못했을 게다. 그리고 지금 이 순간처럼 아름다운 대자연 속에서 당신과 함께 마음을 나누는 일은 더더욱 불가능하였을 게 아닌가? 그러니 우리가 언제 어디서 무슨 일로 다시 만나더라도 지금처럼 편하고 당당한 관계이고 싶다는 것을 일방통행으로 쭈욱 전했다.
"아이고, 나니는 수줍음도 많고 너무 보수적이라서 어쩌고

저쩌고.” 그것 밖에 알아듣지 못했지만, 이미 빨간 불은 꺼졌고 파란 불이 켜져 있는 걸 마음으로 봤으니 OK! 그가 네팔말로 샬라샬라 (아마 ‘에구에구’)하면서 내 볼을 살짝 쥐었다 놓으며 추워지기 전에 빨리 일어서자고 했다.

저녁 무렵 산 속 날씨는 그야말로 으스스했다. 빨리 걸으면 한기가 없어질 거라며, 자기 손이 따뜻하니까 주머니에 손을 넣어보라 했다. 얼른 넣었다 빼면서 “앗~뜨거워서 불 날 뻔했다!”는 나의 너스레에 그의 경쾌한 웃음소리가 산기슭을 맴돌아 메아리 되어 돌아왔다.

그 길 위에서 처음으로 사람을 보긴 보았는데, 저만치에서 커다란 나뭇짐을 지고 오는 두 여인이 분명한데, 크고 둥그런 나뭇단 속에 푹 파묻혀 그들의 모습은 보이질 않았다. 상처투성이의 발, 그 발 달린 거대한 나무더미가 가쁘게 숨을 몰아쉬며 우리 옆을 지나가고 있었다. 그의 작품 전시회에서 보았던 그 아름다운 사진 속의 주인들을 이렇게 만나다니…. 예술이란 게 겨우 이런 거란 말인가, 하는 생각에 온몸과 마음이 송두리째 굳어지는 순간이었다.
“그래! 내가 아무리 힘들다 한들 저들에 비할까? 성현이 등록금도 못해주고 학자금 융자 받으라 한 거, 앞으로도 새털같이 많은 날 있거늘, 졸업 후 벌어서 갚으면 되지! 은화 두화에게 잔소리 해대고 악다구니를 쓰며 퍼부었던 거, 그래야 강해지지! 겁도 없이 홀로서기를 택한 거, 그러니까 이렇게 자유롭지!”하며 속울음을 삼키고 있었는데, 마니는 그 나무둥치에서 떨어진 자잘한 나뭇가지들을 주워서 뭘 만들었다. 근사한 관(crown)을 만들어 머리 위에 씌워 주면서 좋은 친구 만났음에 감사하고, 착한 마음으로 네팔을 도와 줘서 고맙다나 어쨌대나. 그래서 Mrs. Nepal 대관식을 거행하는 중이라며 찰칵 한 컷을 찍는다. ㅋㅋ 아무래도 내일 조간신문 1면에 실릴 것 같은 느낌이다.

그렇게 얼떨결에 산 속 대관식을 치른 자칭 Mrs. Nepal 은 저만치 앞서 가는 그 두 여인을 인생의 스승이라 여기며, '다시는 내가 짊어진 삶이 무겁다거나, 귀찮다하지 않으리라!' 마음을 다지며 로지로 돌아왔다.

고향생각

네팔식 저녁식사를 하며 '여기가 안양이라면 식후 뒤뜰 걷기라도 하면 좋으련만' 하는 아쉬움도 잠깐, 우리는 어느새 애들부터 시작하여 부모형제까지 총출연시키는 다큐멘터리를 만들고 있었다. 그럴 때마다 내 작품의 주인공은 언제나 큰오라버니다. 가슴 찡하게 인간적이고 재밌으신 분! 복덩이 나니의 여러 가지 행운 중에서 '그 오라버니의 막내 동생'이라는 게 으뜸이라고 말했더니, 마니도 눈시울을 붉히며 축하해 줬다.

실제로 마니랑 바산타(Basanta)가 안양에 머물고 있었을 때, 오라버니가 당신의 시집과 삼계탕으로 대접한 일이 있어, 마니도 잘 알아듣는 것 같았다. '어린 시절의 추억이 이다지도 사람의 마음을 짜릿하게 하다니, 부모형제가 그리 소중하다니!' 혀를 차며 동감했다. 그리고 우리들도 언젠가는 우리 아이들이 엮는 이야기 속의 등장인물이 된다면, 이왕이면 악역보다는 좋은 역할을 하고 싶다는 희망을 피력하기도 했다. 아이들이 캐스팅할 일이니, 이제부터라도 아이들 맘에 드는 부모가 되어보자 했더니 (ㅋㅋ) 슬슬 하품이 나오기 시작한다.

그날 밤도 어김없이 그렇게 추웠고, 더 높은 곳을 향하여 갈 외국인들의 알아들을 수 없는 말들이 소곤소곤 주절주절 들려왔다. 마을 사람들은 뭘 의논하는지 아주 긴 시간동안 모여 이야기를 했다.

이 동네는 밤샘 회의가 풍습인가? 맨 끝 방이라 말소리가 너무 가깝게 들려 시끄러웠지만, 치소파니 러버가 회의를 주제하는 듯해 그냥 꾸욱 참기로 했다. 아이구, 그놈의 '러버'가 뭐길래! 다시 있는 대로 다 껴입고, 덮고, 모자까지 쓰고 꿈결에서 잠시 고향인 안양엘 다녀왔다. 은화 성현 두화가 함께 있는 걸 창문 너머로 들여다보고는 황급히 치소파니로 돌아온 것이다.

와, 무공해라 그런가, 효과 빠르네. 그 나뭇짐 속의 두 연인, 역시 내 인생의 스승님인 게 맞다. 모처럼 자애로운 엄마가 되어 봤으니 말이다. 비록 꿈일지언정.

네팔 산골 남정네들

3월의 첫날. '기미년 삼월 일일 정~오~오. 터지자 밀물같은 대한독립만세!' 하며 나 혼자 침낭 속에서 삼일절 기념식을 했다. '이게 얼마만인가. 한국말을 이렇게 힘차게 해 본 것이!' 눈물과 함께 힘이 솟았다. 물휴지로 얼굴을 대충 닦고는 보온병과 감잎차를 들고 옆 방문을 두드렸더니, 맙소사! 마니는 방을 깔끔히 정리해 놓고는 앉아 있었다. 따뜻한 차를 마시며 새벽까지 회의를 한 마을 사람들 흥을 보면서 밤에 집에 가서 아이들을 보고 왔다고 조잘조잘 자랑을 했다.

아래층에서는 치소파니 러버와 그 꼬마가 일찍부터 먼 길 떠나는 손님들을 보내느라 눈코 뜰 새 없이 바쁜 중에도 나를 특별대우 해주려는 게 역력하니, 이러다가 며칠 더 있으면 공주병 아니 대비마마 병에 걸릴 것 같은 생뚱맞은 예감이 든다.

어제만큼 아침을 잘 먹고 오늘은 어제 방문했던 학교의 옆 마을로 가봤다. 경사가 급해 조심조심 천천히 발을 내딛으며 멀리 앞을 보았다. 이럴 땐 시도 거꾸로 바꿔서 읊조려야 하나? 고은 시인의 '내려올 때 보았네, 올라갈 때 못 본 그 꽃' 을 '내려가며 보네, 올라올 때 못 볼 이 꽃' 으로.

드문드문 폐가가 눈에 띄었다. 저 멀리서 아낙네들이 줄지어 밭을 갈고 씨를 뿌리는 소박한 아름다움에 나는 넋을 빼앗겼고, 마니도 연거푸 셔터를 눌러댔다. 아침인데 엄마들이 밭에서 열심히 일을 하고 있으니, 길에서 동네 아이들을 자주 만나 우리들도 바빠졌다. 그런데 조금 이상했다. 연필과 사탕을 선물로 주면서 손도 잡아주고 머릴 쓰다듬어줘도 여기 애기들은 웃기는커녕 멀뚱멀뚱했다. 그리고 약간 겁에 질린 듯한 표정이었다. 흙 잔뜩 묻은 맨발에 꾀죄죄한 옷이랑 싯누런 콧물이 전용도로를 타고 오르락내리락 하는 건 으레 그러려니 했지만, 희망이나 작은 기쁨과는 전혀 무관한 듯한 슬픈 눈동자들과 더 이상 눈인사를 할 수 없어 난감해하고 하고 있을 때, 어디선가 왁자지껄 언성 높이는 소리가 들려왔다. 쯧쯧, 남정네들이 아침부터 술에 취해 인사불성이다. 옥신각신, 비틀비틀, 멱살잡이에 벌러덩 자빠져서 발길질까지 하는 볼썽사나운 광경이 벌어지고 있었다.

'야, 이 남자들아! 손품 발품 다 팔아도 먹고 살기 어려운데, 아침부터 술 처마시고 무슨 짓들 하는 거야? 소출도 소출이지만 저 아낙네들의 힘겨운 쇠스랑질에는 무슨 희망이 있어야 할 게 아니냐구! 천덕꾸러기 만들려고 애들 낳아 놓은 거냐구! 그 술값은 어디서 난 거야? 니들이 남자야?' 라고 달려들어 악을 쓰며 고래고래 소리 치고 싶은 마음이 굴뚝같았다.
네팔 말이라고는 서너 개밖에 모르니 턱도 없고, 한국말로 하자니 못 알아들을 게 뻔해, 괜히 쓸데없이 에너지 낭비하는 것도 아깝고, 들판의 풍경도 내겐 부담스럽고, 아기들 만나는 것도 너무 미안해 화를 이기지 못하고 혼자서 붉으락푸르락하며, 마니가 무얼 하거나 말거나 뒤돌아보지도 않고 발길을 돌렸다.

허겁지겁 따라 온 마니가 시무룩한 얼굴로 많이 놀랐냐고 물었다. 그리고 이것이 오늘날의 네팔 모습이라 말하며 한숨을 지었다. 앞서거니 뒤서거니 하며 발걸음 무겁게 올라오는데 마니에게 무슨 억하심정이 있는 것도 아닌데 이러면 더 힘

들겠다싶어 분위기 바꾸려 한마디 한다는 게 "나도 어렸을 때 콧물 많이 먹어봤는데, 달콤했어."였다. 하하, 아량 베푼답시고 입을 연 것이 그만…. 쯧쯧, 실수! "나니 콧물은 달콤했어? 내 콧물은 짭짤했는데!" 라고 말하며 힐끗힐끗 눈치를 보는 마니에게 미안하기도 하고 그놈의 영어 때문에 난데없이 헛소리를 해댄 것이 창피하기도 하여 일부러 더 크게 웃었다.

우리들의 웃음소리가 허공을 뚫고 멀리까지 퍼져 나아가고서야 짭짤한 콧물 빨아 먹던 그 시절의 추억이 얼마나 달콤했었는지를 알 수 있었다.

마을행사

로찌에 돌아오니 치소파니 러버가 맛있는 커피를 주며 '오늘 마을에 큰 행사가 있어서 사람들이 많이 모이고 토요일이라서 아이들도 많이 올 것'이라 말했다. 그랬다. 카트만두에서 출발한 산악자전거대회 출전선수들의 골인지점이 이 마을이었던 것이다.

한국 라면으로 점심을 먹은 마니는 휘휘 날아다녔다. 동에 번쩍 서에 번쩍, 그리고 남과 북에서도 찰칵찰칵 소리를 내며 기세등등했지만, 나는 마을 사람들이 멋지게 세워 놓은 개선문(?)을 슬쩍 통과하여 보기도 하고, 입상자들을 위해 준비해 놓은 의자에도 슬그머니 앉아보고, 입이랑 발이 바빠진 치소파니 러버의 꽁무니를 따라다니기도 했다. 그러다가 본업으로 돌아가 애들한테 삥 둘러싸여 연필과 사탕을 선물로 나눠 주기도 했다.

바쁜 건 좋았는데 화가 많이 났다. 어른들이 애들 머리 위로 손을 쭉 뻗어 낚아 채 가는 거, 받은 사람이 또 받아 챙기는 거, 너나 할 것 없이 사탕이 입으로 들어감과 동시에 사탕포장 비닐은 땅으로 떨어지는 게 완전자동이어서 속수무책이었다. 화가 머리끝까지 차올라 올 즈음에 산모퉁이에 선수들이 나타나 사람들의 시선이 모두 그쪽으로 쏠렸을 때, 나도 화줄의 끈을 놓아버리고 은근 슬쩍 박수부대 속으로 끼어들면서 폐업했다.

일본 국기가 새겨진 유니폼을 입은 작은 체구의 선수가 지쳤지만 신나게 1등으로 골인하는 순간, 어디선가 마니가 나타나 그 선수의 멋진 장면을 영상에 담고 인터뷰까지 하는 게 아닌가. 2, 3 등 선수에게도 마찬가지였다.

나도 한몫했다. 개선문 앞에서 빨간 헝겊 줄을 잡고 있다가 선수 통과 시 살짝 놓아 선수의 몸에 걸쳐지게 하는, 고도의 기술이 필요한 그 일을 자청하여 잘해냈다. 끈을 마주 잡았던 마을 사람이 엄지손가락을 세워 내게 눈도장을 찍어 주었다.

아주 지루했지만 미처 도착하지 못한 선수들을 기다리는 것은 당연한 일이므로 참아야했다. 헌데, 꼬박 밤새워 행사 준비를 한 주민들과 다짜고짜 불쑥 들이닥친 정치인들 사이에 시상식 주도권 쟁탈전이 벌어지는 게 아닌가.

땀에 흠뻑 젖은 옷을 입고 지쳐있는 선수들에게 마니가 다가가서 한국 사탕을 건네주자 그들은 내 쪽을 바라보며 눈인사를 했다. 로찌 안에서는 마니와 선수들이 이야기를 나누느라 화기애애했지만, 밖에서는 여전히 대립 중이었다. 치소파니 러버는 이제 나를 봐도 더 이상 웃질 않았다. 시상식장에서 마이크를 놓지 않고 유세를 하는 그 사람들의 목소리에 짜증이 나고 화가 났다. 방으로 들어와 오카리나를 사정없이 불

어댔다. 누가 싫어하거나 말거나 시건방진 그 정치인에게 한 판 붙어 볼 승부욕이 생겼나, 아니면 치소파니 러버와 마을 사람들의 밤샘 준비를 편드는 정의의 투사? 혹은 오늘 아침 일찍 침낭 속에서 부른 삼일절 노래를 유관순 할머니께서 들

으시고는 '기'를 예까지 보내주셨나? 하여튼 어디서 난 기운인지 쉬지도 않고 한참을 불어 제쳤더니만 속이 후련해졌다.

노크 소리가 똑똑 나더니 마니가 애기들을 앞세워 들어오더니, "나니, 이 애기들 사탕하고 연필 못 받아 슬프대요. 남은 것 있으면 줘요." 하였다. 오카리나 덕분에 장난기가 발동했다. "뽀뽀하면 준다!" 며 꼬마 친구들을 안아주었다.

내 뺨에 코를 묻힌 꼬마들 덕분에 기분이 풀려 밖에 나와 보니 정치인들은 뭐라고 떠들며 주먹을 불끈 쥐면서 지프차의 시동을 걸고 있었다. 마을 사람들은 줄지어 서서 흙먼지가 풀풀 날리는 저쪽 산모퉁이를 하염없이 바라보고 있었다. '축제 준비를 하며 제법 즐거웠고 밤샘조차 힘들지 않았는데, 말짱 헛일이 되었으니 내 가슴이 이리 먹먹할진대 저들은 오죽할까?' 하는 내 생각도 마을 사람들의 줄 끝을 잇고 있었다.

선수들도 떠나고 해님도 서쪽으로 부지런히 가고 있어 슬픈 적막감이 온 마을을 가득 채우고 있었다. 나도 해넘이를 쫓아가고 있었다. 마니가 어느새 다가와 '금요일마다 네팔 타임지가 발간되는데, 거기 보낼 사진과 기사를 준비하느라 바빴다' 며 내 표정을 살폈다. 종횡무진 애쓴 그에게 '하고픈 일, 할 수 있는 일을 하는 사람은 정말 행복한 게 아니냐?' 며 표정 없이 맞장구를 쳤다.

그 네팔 정치인들의 행태에 대해서도 짧은 영어로 비판을 가하더니 마니는 긴 이야기를 했다. 장학금으로 공부할 수 있는 기회를 얻은 마니는 3모작이 가능한 가난한 모국을 위해 미국 대학에서 농업을 전공했단다. 미국에 눌러 앉아 살 수 있는 기회가 있었음에도 불구하고 자기 나라를 발전시켜 보겠다는 일념으로 귀국하여 농림부에 지원하여 봤지만, 농업과는 털끝만큼의 관계도 없는 사람들이 앉아 월급만 타먹고 있더란다.

마니는 '농'자 근처에도 못 가보고 어쩌다가 찍은 사진이 국제대회에서 입상을 하게 되고, 사는 사람도 많아져 사진작가가 되었단다. "이제 세상이 너무 상업적이고, 컴퓨터나 사진기기가 너무 발달하여 잘 적응이 안 되는 걸 보니, 은퇴할 때가 되었나 봐. 수 년 내에 모든 걸 정리하고 고향으로 돌아가 작은 집을 짓고 앞산에 과일나무를 심어 가꾸며 살려고 하니, 사과 좋아하는 나니도 그때 우리 집에 놀러와. 내가 맛있는 사과 많이 따 줄께!" 하며 그가 얘기를 마무리할 무렵엔 온 산에 석양빛도 엷어졌고 서산마루에 걸린 해님마저 시무룩했다.

"사과만 따주지 말고 손도 잡아주고 잠도 재워 주세용!" 그 말끝에 우리는 다시 조금 웃을 수 있었다.

치소파니 러버도 억지웃음 띤 얼굴로 우릴 맞아주었다. 고맙게 시리! 저녁을 먹으며 '코리안 러버'가 내일 떠나는데 기분이 어떠냐고 물었더니 치소파니 러버의 얼굴은 금세 붉어졌고 눈가엔 이슬이 대롱대롱했다. 명함을 주면서 다시 볼 수 있었으면 좋겠다고 마니를 통해 섭섭함을 표현하는 그가 가여

위 코끝이 찡했다. 이별은 이래저래 눈물 바람인가 보다. "3일 동안 애인 노릇 잘해 줘서 정말 고맙다." 하며 예의를 갖춰 인사하고 방으로 올라와 가방을 꾸렸다.

  하루 종일 소란스러웠는데 밤은 너무 조용했다. 여행객들도 다 떠났는지 아무 인기척이 없었다. 캄캄한 밤, 산바람에 창문 흔들리는 소리만이 나의 잠을 재촉하는 듯하고 그 바람소리마저 정겹게 느껴졌던 치소파니에서의 마지막 밤이 그렇게 깊어갔다.

3부

귀향

이별 연주회

　안개 자욱한 3월 2일 아침, 방을 정리하면서 마음까지 깔끔하게 청소해보려 애썼다. 이런저런 이유로 마을 사람들을 미워했던 것, 여차저차해서 삐쳤던 것, 모두 취소, 취소! 맘속으로 외치며 아침을 먹고 있는데, 치소파니 러버와 로지 종업원들이 오카리나를 연주해달라며 식당의 탁자들을 이리저리 옮겨놓기 시작했다.

　'오잉, 이별 콘서트?' 하며 못이기는 척, 두근거리는 가슴을 진정시키고 「당신의 소중한 사람」 이라는 노르웨이 민요를 들려줬다. 슬픈 멜로디가 그럴 듯하게 그들과 나 사이를, 그리고 이 산 저 산을 오가며 헤어짐의 아쉬움을 달래주었다.

　모두 말이 없었고 나도 물기 어린 눈빛을 감추려 밖으로 나온 그 순간, 어디서 아름다운 음악이 들려오는 게 아닌가? 와! 내가 연주하는 걸 마을 사람들이 손전화로 동영상을 촬영하여 고스란히 다시 보고 있는 것이었다. 화면을 들여다보니 정말 신기했다. 여기서 그리고 저쪽에서 둘씩 셋씩 모여 그걸 듣고 보느라 산동네가 정지된 느낌이었다고나 할까. '아니, 이게 웬일이래유?' 놀라서 그들을 졸졸 따라다니며 까치발로 동영상 화면을 보느라 내 정신이 아니었다.

겉으로는 여유만만하게 미소 짓고 있었지만, 사실은 꿈인지 생시인지 헷갈려 당황스러워할 무렵, 마니가 싱글싱글 웃으며 포터 두 명을 데리고 왔다. 살이라고는 한 점도 없는 깡마른 두 사람을 보고 '아니, 이렇게 말라빠진 분들이 어떻게 우리 가방을 짊어지고 간댜? 혹시 저 사람들 뼈 부러지면 내가 책임지고 업고 가야 하는 거 아녀?' 하며 못미더워하고 있을 때, 마니가 말했다 "나니가 좋은 일 많이 해서 이런 사람들을 만났어. 여기 살던 아주머니가 도시로 돈 벌러 나갔다가 병을 얻어 죽게 되어 데리러 가는 중이래. 이 사람들 우리 가방 하나씩 메고 같이 내려가다가….."라고 했다.

'식당개 3년이면 라면을 끓인다했구먼. 나니도 이젠 안다. 음, 심심하지 않게 한국 아줌마랑 이야기도 하고, 맛있는 밥 배불리 얻어먹고, 교통비도 좀 벌고 그러면 그 아주머니 모시고 올라올 때 기운 낼 수 있겠네용. 멍멍!' 그 사람들 역시 통역 안 해줘도 벌써 이해하고는 "우리들 운이 좋아서, 그리고 며칠 후 병원에서 세상을 떠나게 될 그 아주머니도 아주 좋은 분이셨거든. 그래서 오늘 당신들을 만난 거."라며 신이 났다.

마을 사람들과 특히 치소파니 러버와 진하게 이별 인사를 하고는 그곳을 떠났다. 시간은 좋은 선물이라는데, 마을 사람들과 내가 함께 했던 시간이 이왕이면 서로에게 오래도록 기억될 수 있는 소중한 선물이 되기를 기도하는 내 마음이, 산 위에서 우리를 바라보며 아직도 서 있을 그 사람들에게 전해지기를 바라면서 산모퉁이를 돌고 돌아 내려왔다.

올라올 때 못 봤던 모습들이 눈에 띄었다. 곳곳에 군인들이 총을 들고 서 있었고, 조리를 신고 상당히 빠른 발걸음을 하는 원주민들, 그리고 멀리 있는 산등성이 능선까지 볼 수 있었다. 하하, 앞서 가는 말라깽이 아저씨들은 콜라 한 병도 꿀꺽, 사탕도 으드드득, 그야말로 마파람에 게 눈 감추듯 했다. '내 살 공짜로 주고 싶은데 무슨 좋은 방법 없을깡?' 연구하다가 눈이 마주치면 웃고 그랬다. "All people smile in the same language(미소는 만국 공통어)라더니 진짜 그러네!" 하며 또 웃고 그러다가 아이들을 만나면 사탕과 연필을 선물로 주며, 공부 열심히 하기, 아니 학교에 꼭 다니기를 부탁하곤 했다.

산 중턱 식당에서 점심을 먹는데, 아저씨들이 어찌나 많이 드시는지 배탈 나지 않을까 걱정이 되기도 했지만, 오랜만에 배만 채우는 게 아니고 마음까지 포만감을 느끼시겠구나 싶어 애써 외면하기도 했다. 식사 후 커피를 앞에 놓고 마니가 말했다. "나니, 이제 가면 우리 언제 다시 만날지 몰라요. 여름에 인사동에서 사진 전시회를 추진하는 사람이 있긴 하지만, 기다려봐야 해요. 이번 여행 정말 즐겁고 고마웠어요. Spiritual Lover(정신적 연인)로 영원히 기억할게요." 라고.
나는 그야말로 경청만을 했을 뿐이었다. '남녀 간의 사랑은 아침 그림자와 같아서 점점 작아지지만, 우정은 저녁나절의 그림자같이 인생의 태양이 가라앉을 때까지 계속된다.' 라고 멋지게 대답하고 싶었지만 목도 꽉 메였고, 'Love'를 주어로 놓을 것인지, 'Do you know'로 말을 시작할 것인지를 고민하다가 타이밍을 놓치고 말았다. 다만 잠시 후 한마디, '던네밧(고마워요)!'이라고 내 진심을 표현할 수 있을 뿐이었다.

시내가 보이니 걱정이 마구 몰려들었다. '산 속에서 맑은 공기 마시며 지낼 때가 참 좋았는데…' 하며 모자를 푹 눌러 쓰고, 안경도 걸치고, 손수건으로 코와 입을 가리고 승합차에 올랐다.

창문에 비친 내 모습은 영락없이 CCTV에 찍힌 은행털이범이 아닌가. 포터 아저씨들은 산에서는 무거운 가방을 짊어지고서도 그리 잼싸더니만 시내에 나오니 꼼짝없이 낯선 이방인이 되었다. 하여튼 병원에 무사히 도착하여 훌륭하게 임무완수 하라고 열심히 손을 흔들어줬다.

숙제해결

마니의 집에 도착하여 짐을 정리하고 집으로 돌아왔다. '여행이 즐거운 것은 언제나 돌아갈 집이 있기 때문'이라더니, 이 세상에 그것도 네팔에 내가 머물 곳이 있다는 것이 얼마나 큰 축복인지!

며칠 만에 돌아온 집의 대문이 그 동안 꼭 잠겨 있었는지, 아니면 평소보다 헐렁헐렁 그저 닫힌 모양새만 하고 있었는지, 그 궁금증은 이미 치소파니 골짜기에 내팽개쳐진 지 오래다. 중요한 숙제를 갖고 왔으니 시작하긴 해야 하는데 어쩐다? 촛불을 켜고 삥 둘러앉으니 분위기도 좋고 숙제도 잘할 수 있을 것 같은 예감이다. 음, 내가 2000년 첫 방문 때 "10년 동안 도와줄게. 학교 운영 잘해서 독립하고, 내게 대한 보답일랑은 그만두고, 제3국은 아니더라도 아주 시골에 있는 작은 학교를 도와줬으면 좋겠어."라고 했던 말이 생각나느냐고 물었다.

늦었지만 그 말을 확인할 필요가 있었고, 내가 하고 있는 이런 일로 일가붙이들과 친구들에게 부담을 주는 것은 아닐까 하는 생각이 언뜻언뜻 들어서, 그리고 시작이 반이라는 말이 맞기는 하지만 아름다운 마무리는 더 중요하다는 판단이 이번 네팔 방문 목적의 0순위였기 때문이었다.

그리고 어찌되었든 제일 중요한 것은 '자립'이었기에, 이 숙제를 어떻게 풀 것인가를 고민했었다. 가령 '한국의 도움 없이는 학교를 운영할 수 없다' 든가, '조금만, 몇 년 만 더 도와주세요, 네?' 하면서 애걸복걸한다면 마음 약한 나니는 어쩌나. 뿌리치지도 못하고 도와 줄 힘은 점점 적어질 텐데 하고 지레 걱정을 했었다. 쯧쯧! 생기지도 않은 일을 끌어안고 속앓이 하는 못된 버릇은 언제 고쳐질지. 며칠 만에 돌아온 한국 할머니 옆에 일찌감치 누워 잠든 빅서즈마 덕분이었나? 하여튼 그 숙제는 의외로 쉽게 해결되었다.

　　"예, 잘 기억하고 있습니다. 아무것도 없어 무슨 일도 할 수 없었던 우리를 살려주셨습니다. 너무너무 감사합니다! 그리고 이젠 우리 힘으로 할 때도 되었다고 생각합니다. 더 도와 달라고 우리가 말해도 도와주지 마셔야 합니다." 라고, 한국 말로 모노즈는 대답했다. 그간의 고마움과 결연한 의지를 또렷한 한국말로 그렇게 훌륭하게 답변하니 나는 크게 감격하여 '도움, 1년 연장' 이란 보너스를 주었다. 나란히 앉은 비니타도 남편이 무슨 말을 했는지 안다는 듯한 표정을 엿볼 수 있었다.
　　'신경 쓰였던 숙제는 속 시원하게 해결됐다. 야호!' 를 외치며 곤히 잠든 빅서즈마 옆을 파고들었다. 오랜만에 사람의 온기를 느끼는 기쁨에 팔베개에 엉덩이 토닥이기, 뽀뽀…. 이래저래 보너스를 마구마구 뿌려댔던 날이었다.

갑장 남친

새벽녘에 빅서즈마가 "What time is it?" 이라 물었는데, 손목시계를 보고는 "음~ 여섯 시가 좀 넘었네." 라고 대답하고 둘이 이불 속에서 어찌나 웃었는지 3월 3일은 하하하 깔깔깔 시원한 웃음으로 시작되었다.

가방을 풀어서 짐을 정리했고, 삑삑 오카리나를 붙잡고 놀았다. 점심으로 삶은 고구마와 배 한 개를 뚝딱 해치우고 한 4년 전에 만난 적이 있는 친구를 찾아 나섰다. 올 때마다 찾아갔건만 그때마다 자리를 비웠던 나의 갑장 네팔 남자 친구는 그 유명한 스웸부 사원 계단에 자릴 잡고 앉아 사람들의 손금을 봐주는, 이른바 점쟁이(Fortune Teller)이다.

'결혼은 한 번 하는데, 사랑은 두 번 할 것' 이라는 그의 점괘에 나는 그 앞에서 부르르르 떨며 울었고, '머리는 차가운데, 가슴이 따뜻하여 자살하지 않고 지금껏 살고 있다' 고 마치 내 속에 들어갔다 나온 것 같은 말을 던져서 내 숨이 잠시 멎기도 했었다.

어디 그 뿐인가? '예술적 감각이 뛰어나지만 지금은 다 잠을 자고 있다' 고 알쏭달쏭한 뉘앙스를 풍기는 바람에 악기를 배워 보고 싶은 마음에 불을 지펴 머뭇거림에서 뛰쳐나올 수 있지 않았던가.

그때 일을 생각하며 그 사람을 찾아 나섰다. 고개를 길게 빼고 사원을 바라보니 그 사람이 거기에 있었다. 몇 해만인가. 반가웠다. "오랜만입니다! 예전엔 저 위쪽에 계셨었는데 여기 계시네요. 한 3~4년 동안 네팔에 올 때마다 찾아왔는데….." 하며 말을 걸어봤다. 처음엔 분명히 그는 나를 기억해내지 못했다. "아, 그러세요? 기억력이 참 좋으시네요. 한 3년 동안 네덜란드에 가 있었어요. 세미나도 있었고, 공부도 좀 하고 돌아와 보니 저렇게 장사꾼들이 많이 생겨나서….." 하며 날 자세히 보더니만 "아, 동갑내기! 친구하자던 한국사람?" 하는 게 아닌가. '아니, 내가 언제 그랬어! 친구하자고 내 옆구리를 쿡쿡 찌르지는 않았어도 하여튼 먼저 제의한 것은 그쪽인디! 그때 난 눈물 참느라 입술만 꼭 물고 있었는디!' 하고 툴툴거릴 새가 없었다.

'아니! 연애 두 번 할 거라는 그 점괘 어떻게 된 겁니까?' 를 따져 묻고 싶은 게 더 급해 그 사람 앞으로 손바닥을 쫙 펴서 들이댔다. 'ㅇ살 때는 많이 아파서 사람들을 놀라게 할 것이다. ㅇ년에는 돈 때문에 맘고생 좀 할 것이다' 며 심드렁한 점괘들만 늘어놓았다. '그런 것들 말고, 다른 걸 말해 주세용!' 하고 말하려는 순간, '문화가 다르거나, 하는 일이 전혀 다른 사람과 결혼을 하여야 한다.' 고 말을 하며 양미간에 힘을 주었다. '으메! 요 남자가 혹시 마니 라마와 짰겨? 성도 같네 그려, 무슨 라마(Lama)라고잉! 아니면 자기한테 시집오라는 말인 겨? 손금도 변하는감?' 하면서 듣거나 말거나 한국 말로 구시렁거렸다. 하이구, 이 복덩이, 점을 치러 온 손님들이 뒤로 길게 서 있으니 일어날 수밖에 없었다. 어쨌든 그는 이메일 주소를 건네면서 기다리겠노라며 이별을 아쉬워했다.

마음이 답답하거나 앞이 잘 안 보이는 날이면 가끔씩 사원 계단에 앉아 있을 그 갑장 친구 생각이 날 때가 있다. 다음 만남에선 과연 내 손바닥을 어떻게 읽어줄 지 궁금하기도 하고….

그곳에서부터 천천히 학교를 향해 걸어 내려가다가 국제 미아가 될 뻔했다. 쓰레기 세상이 되어버려 눈이 안 떠지고 숨쉬기조차 너무 힘들어 어느 다리 위에 한참을 서 있었다. 스님 한 분을 만났으나 영어가 도무지 먹히지 않아 학교로 전화를 걸어 바꿔드리고 나서, 날 데리러 그곳까지 나온 선생님의 오토바이에 얹혀 가까스로 돌아올 수 있었다. 그곳에서 손전화의 위력에 놀라고, 쓰레기 공포증에 위협을 느꼈다.

세 공주들

한국에서 일하던 노동자 수라즈가 이 세상을 떠나며 남긴 유일한 피붙이인 소누는 아빠 얼굴도 모르는 채 어느새 10살이나 되었다. 모노즈교장 선생님의 두 딸 빅서즈마(Bixozma)와 맥소빈(Maxobin) 그리고 소누와 시내에 있는 레스토랑에서 피자, 스파게티, 모모(네팔 만두) 그리고 아이스크림을 먹으며 즐거운 시간을 보내고 있는데, 비가 거세게 내렸다.

길 안내며 영어통역을 해주려고 함께 온 에스몬에게 "소누가 아빠를 꼭 닮았네. 아니, 웬 비가 이렇게 많이 내리는 거야. 우기도 아닌데 말이야! 어렵쇼, 천둥 번개까지! 그리고 저기 봐. 하필이면 왜 소누 머리 위로 빗방울이 뚝뚝 떨어지는 건지? 꼭 소누 아빠가 어린 딸을 두고 간 것이 너무 가슴 아파서, 못 견디게 보고파서 울고불고 그러는 것 같네." 라며 울먹였다.

이제 나이 삼십이 됐을까 말까한 총각에게 감정만 그득한 나의 시원찮은 영어가 어떻게 전달되었을지는 모르지만, 하여튼 나는 소누에게 너무 미안하여 "착하고 건강하게 그리고 공부 열심히 하고, 또 엄마 말 잘 듣고! 그리고 다음에는 우리 소풍가자. 할머니하고! 알았지?" 라고 말하고서야 일어섰다.

아버님 덕분에 대학을 졸업한 모노즈의 막내 동생 에스몬은 우리 학교에서 학생들을 가르치기도 하고, 기숙생들과 함께 지내며 언젠가는 캐나다로 컴퓨터에 관련된 공부를 하러 갈 꿈을 키우고 있다.

에스몬은 학교로 돌아갔고 우리들은 집으로 향했다. 한국 할머니와 공주님들 셋을 손님으로 태운 택시기사는 운전보다는 우리들의 관계에 관심이 더 컸는지 백미러 속의 나에게서 눈을 떼지 못했다. 택시기사는 꼬마들에겐 네팔말로 연신 질문을 해댔다. 좀 불안해하며 엉덩이가 몇 번씩 들썩들썩하는 사이 택시는 연료를 사지 못해 길 위에 쭈욱 세워 놓은 차와 오토바이들 사이로 요리조리 잘 빠져나와 우리들을 무사히 집 앞에 내려주었다.

세 공주는 저희들끼리 TV앞에 모여 앉아 한참을 소곤대다가 까르르르 웃곤 하였다. 녀석들도 한국 아줌마들처럼 수다가 좋긴 좋은 모양이다. 오늘은 동생 맥소빈이 할머니와 함께 자겠다고 옆에 누웠다. 외박을 허락받은 소누는 빅서즈마와 밤새 소곤소곤 추억 쌓느라고 하얀 밤이 되지는 않았는지 모르겠다.

할머니 노릇

　방한이나 방풍은 전혀 안되고 종이 한 장 붙여지지 않은 콘크리트 벽이 내뿜는 싸늘한 기운을 차단시키려 녀석을 꼬옥 안고 잤다. 어디 그 뿐이었나? 수시로 걷어차는 이불을 덮어주느라 잠을 설쳤더니만 몸이 무거웠다. 눈뜨자마자 "어제 말이야, 언니 빅서즈마가 아이스크림 먹고 바로 뜨거운 물 마시는 것 봤어? 할머니는 그렇게 아이스크림 먹는 사람 처음 봤어. 그러면 아이스크림 어떻게 되는 건데?"

　"하하하, 할머니도 봤구나! 언니는 그랬지만 나는 안 그랬어. 초코아이스크림 맛있어서 쉬지 않고 다 먹었거든!" 하며 이불 속에서 수다를 떨고 있는데, 소누가 방 문 안쪽으로 얼굴만 빠끔히 내밀고 들여다보는 게 아닌가. 괜히 미안한 생각이 들어 얼른 안아주며 눈치까지 살폈다. 아이구, 할머니 노릇 제대로 하기 정말 힘들다! 멀리 있는 학교에 다니는 빅서즈마가 인사를 하고는 스쿨버스를 타러 나간 후, 침구 정리며 가방 뒤적거리기를 하고 있던 나를 보며 두 녀석들이 "이거 뭐예요?" 하며 오카리나에게서 눈을 떼지 못했다. 즉석 콘서트를 열었다. 연주자는 화장은커녕 세수도 못했으니 눈썹 대신 눈곱을 달고, 가발 대신 부스스한 천연 후까시(?)의 헤어스타일, 청중은 달랑 둘, 흥, 그러면 어때! 오카리나 연주에 맞춰 반짝반짝 작은 별은 영어로, 나비야는 네팔말로 노래했으니…. ㅋㅋ 이만하면 국제무대? 공연이 끝나자 녀석들이 귀엣말로 뭐라 뭐라 한다. "속삭이지 말고 말을 해, 말을!" 하며 간지럼을 태웠더니, 까르르르 웃던 맥소빈 왈 "할머니, 소누 언니가 한복 입어보고 싶대요!" 하며 얼굴을 붉혔다. 손주들 청이라면 뭔들 못하랴. 용감무쌍한 이 할머니는 팔을 걷어붙이고 아래층으로 씩씩하게 내려가서 방주인의 허락도 없이 몇 개의 박스를 마구 뒤져서 한복을 찾아가지고 올라왔다.

"어머나, 할머니는 소누가 이렇게 컸는지 상상도 못했단다. 옷이 좀 작긴 하지만 이렇게 입으면 된단다." 하며 한복을 입혔다. 짧은 소매는 두 손을 앞섶 안쪽으로 가지런히 넣어 더 얌전하게, 치마보다 긴 청바지는 '공주님, 여기 앉으시지요!' 해서 안보이게 하고는 찰칵찰칵 사진을 찍어댔다.

'이제 더 이상 할머니노릇 못하겠엉! 배가 고파서 앞이 안보이고 다리도 흔들흔들한단 말이야!' 라고 몸에서는 신호를 보내왔다. 녀석들이 학교에 간 후에야 비로소 부랴부랴 세수를 하고 주섬주섬 빈 배를 채우고 났더니 그제야 뱃속 시냇물 흐르는 소리가 멈췄다.

축구와 만찬

며칠이 지났는지, 몇 날이 남아있는 건지, 하고자 했던 일은 차근차근 잘 하고 있는 것인지, 남아 있는 시간 동안 뭘 해야 귀국 후 아쉬움이 없을까 생각해 보면서 학교로 향했다.

아이들과 축구를 하기로 약속한 날이었기에. '축구?' 거창하게 생각할 필요가 없는 우리들만의 축구가 있다. 축구공으로 마당만한 운동장에 삥 둘러서서 발로 공을 차다가 손으로 집어 던지기도 하는데 체육복이 아닌 교복을 입은 채로 하는 거다. 손 발 다 쓰고, 피하기도 하고, 주우러 뛰어다니며 웃고 소릴 지르다 보면 어느새 한 시간이 후다닥 지나가버린다.

그렇게 나는 이따금씩 한국에서 초빙되어 오는 체육 선생님이 되곤 한다. 에헴! K리그 심판인 초등학교 친구가 보내 준 공이라 말해줬더니, 공놀이 할 때마다 '이거, 아주 좋은 한국 축구공! 한국 할머니 친구가 보내준 거!'라며 체육시간을 기다리는 녀석들과 선생님들은 월드컵 대회가 열릴 때마다 모두 모두 힘차게 "대~한~민~국"을 응원한단다. 그럴 때 나는 "한국 열세 번째 대표선수들이 여기 있네?" 라고 말했다.
축구도 잘했고 만찬 또한 뜻있었다. '바산타(Basanta) 그리고 마니와 함께 식사 한 번 하라’는 세실리아의 엄명을 받잡고자 그들과 함께 시내에 있는 레스토랑에서 맛있는 저녁을 먹었다. 물론 출발 전 모노즈와 작전 계획을 짜, 그들이 눈치채지 못하게 적당한 시간에 나가서 밥값을 계산하도록 만전을 기했다.

언제나 유머가 넘치는 바산타의 재치에 웃음이 끊이질 않았다. 그를 만날 때마다 참으로 특별한 재주를 가진 보기 드문 사람이란 생각이 드는데, 그가 이번 여행은 어땠느냐고 물어왔다.

"이제 며칠 후부터는 사람들로부터 네팔 어디를 갔다 왔어요? A.B.C(Annapurna Base Camp)? 좀솜(Zumson)? 랑탕(Langtang)? 아니면 무스탕(Mustang)? 하는 질문을 많이 받게 될 겁니다. 그러면 나는 한국에서 일하다가 귀국하여 열심히 살고 있는 모노즈, 니르, 바즈라 그리고 먼주를 만났고, 아빠를 한국에게 빼앗긴 소누와 함께 했던 시간이 좋았으며, 그들과 마주 앉아 이야기 나누었던 그곳이 가장 기억에 남아 있는데, 그 아름다운 곳엘 다녀왔노라고 말할 겁니다." 라 대답하고는 깜짝 놀랐다.

내가 생각해 봐도 너무 멋진 대답이었다. '일부러 꾸며 말한 것도 아닌데 왜 이리 말을 잘하는 겨! 하는 생각에 울컥하고 있는데, 통역이 제대로 되었는지 바산타와 마니도 눈시울을 붉히며 잠시 숙연한 분위기다. 나도 덩달아 눈물을 글썽이며 어찌할 바를 몰라 하고 있을 때, 바산타가 시인답게 "나니는 예전엔 네팔의 산과 들을 좋아했었는데, 이번엔 사람들의 마음까지 헤아려 안아주는 예쁜 사람이 되었네!" 하며 정말로 울먹였다. 그 과찬의 말씀 책임지려면 내가 힘들어지겠다며 호들갑을 떨어 간신히 분위기를 반전시켰다.

오지도 않은 세실리아가 밥값을 낸 것은 말도 안 된다며 실랑이할 때도 세실리아가 맛있는 거 사줬으니, 우리는 그 대가로 밥값보다 훨씬 값진 좋은 일을 많이 하면 된다고 몰아붙였다. 아, 대한민국 아줌마의 힘! '아나기'(아줌마는 나라의 기둥)의 회원은 아니지만 이만하면 자격 충분한 것 아녀?

'돌아가는 날까지 병나지 않도록 조심해야 할 것이 손님으로서의 의무' 임을 국민교육헌장처럼 외우고 다녔으니 오늘은 좀 일찍 자둬야겠다.

이별만찬

모노즈의 가족들과 네팔 아들 바즈라와 그럴싸한 네팔 전통 음식점에서 저녁 식사를 하기로 했다. 바즈라는 오토바이를 타고 미리 와 있었고, 우리 식구 여덟 명은 미니버스를 기다리느라 좀 늦었다. 나도 이젠 네팔 사람이 다 되었는지 늦은 것에 대한 미안함을 느끼기는커녕 아무 거리낌 없이 네팔 전통공연도 흥미 있게 봐 가며 음식도 우아하게 잘 먹었다. 한국에서였더라면 이러저러해서 늦었다는 핑계부터 시작해서, 눈치코치 살피고 머리 조아려가며 사과도 여러 번 했을 터인데 이렇게 적응력이 뛰어나서야 나 원 참!

바즈라는 보기 좋게 변해 있었다. 네팔 전통에 대한 자부심 같은 것도 되찾았고, 다 같이 잘살아야 한다는 확실한 신념을 가진 것을 그다지 예민치 못한 이 한국 엄마가 느낄 수 있었으니 말이다. 무엇보다 기쁜 것은 한국에 있을 때보다 훨씬 편안해 보이는 것이었으니 엄마로서 뭘 더 바라겠는가?

내 맞은편에 앉으신 모노즈의 부모님하고는 전혀 말이 통하지 않으니, 누가 통역을 해주기 전에는 그야말로 미소와 손짓 몸짓으로만 소통이 가능하다. 그래서 오해도 있었다.
학교에 다녀오겠다고 공손히 인사를 드리면 고개를 옆으로 저으시는 아버지를 보고 '아니, 살림은 안하고 여자가 혼자서 이렇게 왔다 갔다 해도 되는 겨, 여기가 어딘데!' 하는 의구심의 표현인 줄 알고 눈치를 살피면서 그 아버지 몰래 외출한 적도 더러 있었다. 그런데 그게 아니고 그 좌우로 하는 고갯짓은 네팔 사람들의 'OK!' 사인이었던 것이다.

허나 이제는 빅서즈마와 맥소빈이 학교에서 배운 영어로 통역사 역할을 수행할 수 있게 되어 얼마나 좋은지! 예전에는 부모님의 위세가 당당했었고, 지금은 내 통역사가 된 그 두 딸을 낳은 비니타만 늘 기가 꺾여 있었다. 그리고 그 틈에 다른 자식들도 부모님 권위 덕분에 탄력을 좀 받았었는데, '찌익!' 브레이크가 걸렸다.

세월도 급속도로 변해갔고, 딸만 둘 가진 비니타도 이젠 나이가 들어 더 이상 예전의 수줍던 그 여인이 아니었다. 여전히 그 많은 자식들 다 껴안고 살기를 바라는 부모님과 그걸 교묘히 이용하는 자식들. 그리고 그 치다꺼리하다가 지친 모노즈 내외를 몇 년간 먼발치에서 지켜볼 때마다 늘 아슬아슬했었다.

기회를 엿보던 약삭빠른 둘째 내외는 챙길 것 다 챙겨 빠져나갔고, 영원히 내 편이 되어 줄 것 같았던 셋째 딸도 친정에서 키우던 아들이 학교에 다니기 시작하자 자기들이 필요할 때 이외엔 얼씬도 하지 않는 눈치다.
그래도 부모님들은 자식들에 대한 미련을 영영 버리지 못하

고, 자식들로부터 대접을 받고 싶은 모양이다. 바야흐로 세상
은 무섭게 변하고 있는데도 말이다.

얼마 전까지만 해도 늦은 나이에 딸만 둘을 낳고 훌쩍훌쩍
남몰래 울며 정신적 육체적으로 지쳐 있던 비니타에게 힘이
생기기를 은근히 바랬었는데, 이번에 와 보니 그 사이 힘이
쭈욱 빠져 힐끔힐끔 자식들 눈치 보는 부모님들이 오히려 가
여워졌다.

어쨌든 매끄럽지 못한 관계를 형성하고 있는 이들을 모두
포용하며 효성 지극한 아들로, 자상한 남편으로, 사랑 많은
아빠로 그리고 때로는 위엄 있는 오빠나 형으로서의 자리를
무난히 지키고 있는 모노즈가 존경스럽다.

코스로 나오는 네팔 전통요리에 다양한 민속공연 그리고 네
팔 아들 바즈라의 온화한 설명과 훌륭한 서비스까지 곁들여
진 저녁, 네팔에서 누려본 최고의 호사였다. 그 아들은 오토
바이로 한참을 달려 집 문 앞에까지 와서 인사를 하였다. "엄
마 가시기 전에 다시 한 번 찾아뵐게요."라고 말했지만, "오
지 말라. 오토바이 타고 다니는 거 힘들고 위험하니까. 그리
고 네가 하는 일에 언제나 최선을 다하렴. 엄마는 잘 있다가
갈 거니까 조금도 걱정하지 말고!" 하며 아들의 등을 토닥이
다가 마음이 찡했었다.
홀어머니에 동생들이 무려 여덟이나 되는데 지금 사귀는 여
자 친구가 마음이 넓은 아가씨였으면 좋으련만, 안쓰러워서

네팔 냄새가 무럭무럭 나는 그 아들을 꼭 안아 주었다.

'바즈라, 잘 살아야한다! 엄마가 늘 기도할게. 힘내고!' 하
는 아들을 위한 내 마음의 응원과 함께 밤은 고요히 깊어만
가고 있었다.

비슈누(Bishnu) 신 탄생일

3월 6일, 비슈누 신의 탄생일이라고 모두 쉬는 모양이다. 꼬마들은 학교에 가지 않았고, 모노즈도 아침 일찍 학교를 둘러보고는 돌아왔다. 비니타와 두 딸은 나를 위해 특별식을 만들어보겠다며 시장을 보러갔고, 모노즈와 나는 마니의 초대를 받아 그의 집으로 가기 위해 집을 나섰다.

나라마다 역사, 문화, 자연환경 그리고 민족성이 전통과 어우러져 한복, 양복, 아오자이, 기모노(또 뭐가 있을까?) 그리고 사리를 이 세상에 생겨나게 하여 나름대로 특색 있고 아름다운 옷이 된 것이 더욱 신기롭게 느껴지는 아침이었다.

허긴 세 꼬마공주들이 한복을 그리 좋아하는 걸 보면 내가 사리를 보고 눈부셔하는 것도 무리는 아닐 듯하다. 오늘따라 온갖 빛깔들의 사리들이 비슈누 신의 탄생을 축하하듯 곳곳에서 펄럭이니 네팔이 훨씬 밝아졌다. 지구촌 어디에서든 축제나 명절은 화려하고 활기차다.

'홀아비가 뭘 하겠어. 그냥 인사치레로 가서 아무것으로나 한 끼 때우는 거지 뭐' 했던 예측은 많이 빗나갔다. 여느 식당의 음식보다 훨씬 맛이 있었다. '으메 으메, 사진 찍는 기

114

술이나 음식 솜씨, 나무랄 데가 없네이. 아이구, 아까버라
이!' 하면서 밥을 세 번씩이나 더 먹었다. 하도 잘 먹으니 "나
니, 이거 싸줄까, 저것 싸줄까?" 하며 정말 싸 주려는 걸 간
신히 사양했다. 안양 같으면 늘 준비해 갖고 다니는 비닐 백
을 건네주면서 '아이구, 이게 웬 떡?' 하며 쾌재를 불렀을 터
인데 얌전한 척 꾸욱 참았다. 뒤늦게 헐레벌떡 달려온 바산타
도 맛있게 식사를 한 후, 후식이랑 차 한 잔씩을 앞에 놓고 재
미있는 이야기해가며 들썩들썩했었다. 아저씨 혼자 사는 그
집에 오랜만에 웃음소리가 너무 커서 마당의 새들과 꽃들이
화들짝 놀랐을 거라고 한국말로 모노즈만 알아듣게 말했다.

거리마다 골목마다 사람이 넘쳤다. 걷는 게 아니고 그들에
게 떠밀려가는 느낌으로 '파슈빠띠(Pashupati)' 사원엘 갔다.
축제를 위해 각지에서 몰려든 인파야 그들의 문화이니 내 알
바는 아니지만, 어쩌면 좋단 말인가? 아무리 좋게 봐주려 해
도 온통 쓰레기 세상이니! '이렇게 통제가 안 되면 어떻게?
난 정말 무서워 죽겠어!' 하고 항의를 해보고 싶은 마음이 굴
뚝같았다.

'치소파니에서처럼 내일 아침엔 사람들이 작은 싸리 빗자루
를 들고 나와 싹싹 쓸겠지, 뭐' 하고 믿는 구석이 있어 쓰레기
들을 애써 외면하며 일행을 따라다녔다. 넓은 사원 안에서 음
악회, 댄스공연, 음식 나누기, 얘기하기, 차 마시기, 명상 등
이 나의 툴툴거림과는 아무 상관없이 잘 진행되고 있는 가운
데 내겐 아주 낯선 '짓'이 하나 있었다.

　'이 날만큼은 대마초를 피우는 게 법적으로 허용된다.' 는
거였다. 원래 사원 근처에서 기이한 행색을 하고 있는 '사두
(Sadhu) 들이야 그렇다 치고 보통 시민들이나 청소년들은 제
발 오늘 '딱 한 번만!' 으로 끝내주기를 빌었다. 하이구, 걱정
도 팔자라더니! 원, 참 이젠 네팔 문화까지 참견하려 드네 그
려!' 국제적 오지랖을 우짤꼬!

바산타를 따라 음악회가 열리는 곳의 2층, 양철지붕 아래 다락방으로 기어올라 들어갔다. 컴컴하고 지푸라기 바닥이라서 거칠거칠했지만 차츰 이상하리만큼 편안해졌다. 그리고 조금씩 그 공간의 모든 것들이 보이기 시작했다. 여러 나라 사람들이 모여 앉아 눈을 지그시 감고는 아래층에서 들려오는 음악을 듣다가, 음악이 끝나면 무슨 이야기를 하고, 나뭇잎 접시에 담아주는 네팔 음식을 먹기도 하며 편안하게 있었다.

나는 그냥 모든 걸 지켜보고만 있었다. 그 사람들은 아무 치장도 하지 않았고, 치마인지 바지인지 구분이 안 되는 헐렁한 옷차림에 헝겊 가방에서 수저를 꺼내 쓰고는 바로 닦아서 챙겨 넣고는 명상하는 자세를 취하기도 했다. 일회용 그릇이나 수저는 눈 크게 뜨고 찾아봐도 없었으니 쓰레기 세상 아니냐며 붉으락푸르락 분노했던 조금 전의 상황과는 전혀 딴판이었다.
사람들 사이를 헤집고 다니다가 '라이족' 댄스 팀에 합류하여 그들의 스텝을 따라 해봤다. 구경꾼들이 모두 날 쳐다보고 있는 것도 모르고 '요까짓 것!' 하는 기분으로 느린 발 춤을 추는데 한국말, 영어, 네팔말로 말은 걸어오는 사람들이 생겨났다. 발동작에 신경 쓰느라 무의식적으로 한국말로만 대답을 했던 것 같다. 잠시 댄스에 취해 있었나 보다.

마니는 이런 날이 더 바빴고, 모노즈는 날 잃어버릴까봐 노심초사하며 멀리 가지 못했고, 바산타는 무슨 생각을 하는지 군중들을 물끄러미 바라보고 있다가는 '가자!' 라는 신호를 보내곤 했다. 그러면 우리는 그를 따라 이동하곤 했다.

쓰레기와 매연만 없으면 참으로 아름답고 신비스러울 이 사원에서 세계적 문화유산들이 시름시름 앓고 있는 게 보이는 안타까움이 컸지만, 그 축제를 뒤로하고 다시 마니의 집으로 왔다. 한국 라면 끓여주겠다는 걸 간신히 말리고 낮에 먹다 남은 음식으로 저녁을 해결하고는 그의 작품 한 점을 선물로 받아들고 왔다.

집에서도 비니타와 두 딸, 그리고 학교 졸업생 한 명이 뭘 만드느라 분주하였다. 쌀을 빻아 반죽하여서 그 속에 단팥 같은 걸 넣어 쪄서 만든 그것을 내 마음대로 '네팔 떡' 이라 불렀더니 모두 하하하! 첫 솥에서 나온 걸 아래층의 부모님께 먼저 내려 보내는 걸 보니 마음이 놓였다.

시대가 변했고 시집살이가 심했다고 부모님을 홀대하기보다는 옛일을 훌훌 털어버릴 수는 없겠지만, 어쨌거나 잊으려 애쓰고 이해하려 노력하다보면 견딜 수 없이 무거웠던 마음도 가벼워질 날 있으리니. 제일 중요한 것은 누구나 나이는 들어가는 법이고 딸들이 보고 배운다는 것 아니던가? 순전히 내 생각이고 그게 말처럼 그리 쉬운 것도 아니라는 걸 몸소 깨달은 바 있어서 비니타에게 말해 주고 싶었지만 못했다. 어린 빅서즈마와 맥소빈을 앞세우자니 잘못하다가는 '아버지 가방에 들어가신다.' 가 될 것이고, 모노즈에게 부탁하자니 여자들 세계에서 일어나는 일들을 통째로 들추어내어 어머니와 아내 사이에서 이러지도 저러지도 못하게 함은 물론 공연한 통증만 유발시키는 게 아닐까 고민을 하다가 마땅한 통역자를 찾을 수가 없었기 때문이었다.

통역?, 그런 일로 통역을 부탁하는 건 '사랑하는 사람에게 통역자를 통해 사랑을 고백하는 것과 뭐가 달라?' 하면서 그만 두었다. 한국말로 수줍게 '언니' 하며 비니타가 날 부를 때, 지난날의 아픈 기억은 쓰레기통에 넣어버리라는 뜻으로 손을 꼬옥 잡아주면 됐지, 뭔 통변이 필요하단 말인가!

밤새 어디서 듣던 소리 '너나 잘 하세요!' 가 통통거리며 내 앞에서 알짱알짱, 그래서 나는 "예이, 잘 하겠습니다요!" 하며 그만 하자고 통사정하였다.

네팔 신사 바산타 (Basanta) 와 함께

 3월 7일, 금요일의 스케줄이 빡빡하다. 학교에 가서 아침 조회시간에 오카리나 연주를 해야 하는 게 오늘 일정의 첫 번째 순서였다. 비니타가 네팔 옷 한 벌을 가져와 입혀주었다. 기다란 천 하나로 온몸을 감싸는 사리는 잘 입혀줘도 요령이 없어 흘러내리고 밟혀서 불편해하는 걸 알고 바지 스타일의 사리를 입으라며 도와줬다.

 선생님들과 학생들이 날 보고 환하게 웃는 걸 보니 그럭저럭 봐 줄만 한 모양이다. '연주 잘하고, 빨리 데이트 가야 하는데 왜 이리 더뎌지는공?' 했더니만, 교장 선생님의 기나긴 연설 끝에 웬 박수 그리고 호명? 그런 걸 준비하는 줄 알면 내가 거절할 거라는 걸 미리 알고는 몰래 감사패와 꽃다발까지 준비하여 깜짝 시상식을 도모한 그들에게 눈을 한 번 흘기고는 웃으며 다 받아 주었다. 아이들이나 선생님들이 나를 연주자로 오해한 것만 빼고는 다 괜찮았는데 그것이 좀 개운치 않았다. 바산타의 초대를 받고서 그의 사무실을 찾아갔다. 사리 차림으로 에스몬의 오토바이 뒤에 탔으니 내가 한국인인지 네팔 사람인지 누가 알겠는가. 여유 만만했다. 양지바른 곳에 위치한 깔끔한 사무실 앞뜰에는 옹기종기 작은 꽃들이 모여 햇볕을 쬐며 한국에서 오는 손님을 기다리고 있었다.

세련된 태도로 인사를 해오는 직원들과 정리가 잘된 책꽂이랑 장식장부터가 예사롭지 않았다. 시인이라고만 알고 있었는데 그는 '히말 어쏘시에이션(Himal Association)'이란 단체를 이끌며 '세계 산악 영화제'를 개최하는 등 늘 뭔가를 읽고 쓰고 말하고 게다가 출판사까지 경영하고 있었다.

그 양반이 나를 위해 일부러 시간을 내어 바람을 쐬어주었다. 하아! 네팔엘 다닌 지 10년 만에 처음으로 자가용을 타보았다. 기사가 운전을 하고 빨간색 네팔 옷을 입은 한국 아가씨와 넥타이 맨 정장차림의 네팔 신사가 뒷좌석에 나란히 앉은 모습을 생각만 해도 가슴이 지금도 두근두근 한다.

그는 차창 밖으로 보이는 것들에 대해 내 영어 수준에 맞춰 자세히 설명하였고, 뜨거운 버섯 국물의 국수를 점심으로 같이 먹었다. 한참 시골길을 달려 우리나라 민속촌 같은 어느 마을에 도착했다. 오밀조밀한 골목을 따라 자리 잡은 작은 상점에서 수공예품을 만들고 있는 장인들과 그곳 사람들의 일상생활을 볼 수 있었다. 농사철엔 들에 나가 일을 하고 농한기엔 이렇게 몇 대째를 이어서 전통인형, 공예품, 커다란 조각품 등을 만들어 판매하고 있단다. 그들의 빼어난 솜씨는 입을 다물지 못 할 정도였고, 대부분은 그 누가 보아도 정성이 넘치는 작품들이었다.

'붕마티(Bungmati)'란 그 마을에서 자그마한 네팔 전통 문(門)을 선물 받았다. 늘 유머가 풍부한 바산타가 그걸 손 위에 올려놓고, 문을 열면서 뭐라 뭐라 말하여 알아듣고는 그 자리에 주저앉아 크게 웃었다. 골목길을 따라 다니다가 내가 왜 웃었는지 아무리 생각을 떠올려보려 해도 도무지 떠오르질 않았으니 듣기는 영어로 들었고, 다시 듣기는 한국어로 하려 니 그게 되남? 하여튼 마을 어디를 가 봐도 신이 안 계신 곳 은 없었고 작은 신전 뒤 아주 오래된 나무 아래 앉아 잠시 이 야기를 나누었다. 주로 신사양반이 질문을 하면 내가 대답을 하는 분위기였다. 그놈의 영어 때문에……

한국에 왔을 때 그는 정말로 시인다웠다. 재치가 넘치는 간 결한 말들, 그리고 꾸밈없이 코믹했던 그의 행동들이 아직도 생생한데, 오늘은 무슨 방송 진행자처럼 and, so, then, & but…. 이런 말들로 대화를 이끌어 나아갔다. 순진한 나는 주 어 동사 찾느라고 하지 않아도 될 것은 어물어물 말하고, 꼭 해야 할 말들은 쭈뼛거리다가 몽땅 빼먹고 쯧쯧, 불쌍했다.

초가지붕이 썩 잘 어울리는 찻집에서 차를 마시는데 바람이 심하게 불어와 빨간 사리의 긴 스카프가 휘날리며 밑천 떨어 진 영어에 뒤엉켜버리는 바람에 몹시도 정신이 사나웠다.

기사는 먼 곳에 서 있다가 차 있는 쪽으로 우리가 서서히 움 직이면 그때부터 달리기를 하곤 했다. '무수리' 체질이라 그 런지 그것도 자꾸만 신경 쓰여 영 불편해 하고 있을 때, 파슈빠티가 멀리에서 한국 엄마를 만나러 학교에 도착했다는 전화가 왔다.

　네팔에서 처음으로 자가용을 타 본 것, Laday First 대접을 받은 것, 바쁘신 중에도 내게 귀한 시간 내준 것, 여러 가지 유익한 이야기들에 감사한다고 잘 데려다 준 네팔 신사양반에게 정중하게 인사를 하고는 학교 교무실로 단걸음에 뛰어 들어왔다.

인터넷 모자(母子)

파슈빠티는 트레킹 가이드이다. '포카라(Pokhara)'의 산동네에서 병석에 있는 엄마를 간호하다가 등산객들이 찾아오면 그들에게 산을 안내하는 가난한 청년이다. 2006년 3월 일행들과 안나푸르나 베이스캠프(A. B. C)를 목표로 트레킹을 시작할 때, 한 여행사에서 그를 우리에게 소개해 줬었다.

너무 말라서 청바지가 엉덩이 아래쪽으로 흘러내릴 것만 같던 눈만 커다란 그 녀석과 산속에서 열흘이나 함께 지냈으니 어찌 정들지 않았으랴. 그때 지병이 도져서 아들 삼았지 뭐!

산을 둥지삼아 콧노래 부르며 오르락내리락하는 그의 삶이 낭만적으로 들릴 수도 있겠지만, 일찍부터 아픈 엄마를 돌보는 실질적인 가장으로 살아가는 그의 현실이 너무 안타까워 트레킹 후 녀석과 헤어질 때 나는 눈시울을 붉히지 않을 수가 없었다. 나는 기회만 있으면 포카라 (Pokhara) 쪽으로 가는 사람들 편에 그 깊은 산속 아들의 속옷이나 신발 속에 '아픈 엄마께 최선을 다하고, 즐거운 마음으로 일하라'는 잔소리를 동봉하여 보냈고, 녀석은 엄마가 조금씩 나아지고 있으며, 한국 엄마를 보고 싶어 한다는 이메일을 보내오곤 했다. 그렇게 몇 년 간 우리는 나름대로 애틋한 '인터넷 모자(母子)'였다.

며칠 전 모노즈가 전화를 했더니 친척 한 명이 엄마를 대신 돌보고 있는데, "트레킹 다녀와서 카드만두로 한국 엄마를 만나러 갈 거라며 신이 나서 일하러 나갔다. 정말 한국에서 엄마가 와 계시냐. 그게 정말이냐." 하며 전화를 끊지 않으려고 했단다.

신명나게 산에 다녀온 그 인터넷 아들이 여전히 커다란 눈을 껌뻑이며 약간 살이 붙은 모습으로 늠름하게 내 앞에 나타났을 때, 내 얼굴은 웃음과 눈물로 범벅이 되어 있었다. 화상 만남이 아닌 실제 상황의 재회를 자축하고자 녀석과 함께 시내로 나갔다. 포카라의 한국 식당에서 일한 경험이 있어 한국음식의 이름은 익히 알고 있지만, 너무 비싸 그걸 사먹어 볼 엄두도 못내는 걸 알기에 엄마는 용감하게 앞장을 섰던 것이다.

녀석은 '닭도리탕'이라고 정확한 발음으로 주문을 했고, 나는 김치찌개를 시켜서 가운데 놓고는 "이것도 먹어보렴, 맛있지?" 하며 2년여 동안의 회포를 풀었다. 시골뜨기가 도시에 온 기분이 어떠냐며 놀리기도 했고, 아픈 엄마가 좋아하는 걸 사다드리라고 아주 적은 금액을 손에 쥐어주기도 했다.
나한테 만큼은 이 아들의 영어 발음이 제일 잘 들린다면 누가 믿을까만 사실이다. 기껏해야 산을 오를 뿐인데 얼토당토 아니한 소릴 해댄다고 따지고 덤벼도 나는 내 귀를 의심하지 않을 거다.

세계 여러 나라 사람들과 산을 오르며 발음 조율이 되어 그런가? 아니면 전생에 내 아들이었을까? 그것도 아니면 엄마의 듣기 능력 수준에 맞춤식 대화를 해주는 아들의 배려일까. 하여튼 녀석의 말이 편하게 들리고 나도 문법을 들추지 않고도 말을 술술 하다 그만 수다가 길어졌다.

　이를 어째! 길을 잘못 들고 말았다. 산에 다니며 고생하는 것도 맘 아픈데, 엄마가 이렇게 많이 걷게 하여 미안하다 했더니, 그 아들 왈 "오랜만에 뵌 엄마랑 같이 걸으며 긴 시간 보낼 수 있어서 고맙다."고 한다. 아이구, 그 엄마에, 그 아들? 깜깜한 밤중에 언덕을 올라갔다가 다시 내려오고, 가게마다 들어가 사람들에게 여기가 어디냐고 물어보는 등 우여곡절 끝에 가까스로 집을 찾아 왔다. 모노즈의 식구들과 촛불을 밝히고 삥 둘러 앉아 어제 만든 그 네팔 떡을 먹으며 이야기꽃을 피웠다.

　여러분이 모아 주신 수건, 가방, 손톱깎이 세트를 선물로 주었고, 내가 쓰던 수건, 치약, 등산 양말과 장갑을 더 챙겨주었다. 뭐니 뭐니 해도 제일 좋은 선물은 '모노즈 가족과의 연결' 아닌가 싶다. 어려운 일 있으면 서로 의논하고 도와주고, 가끔씩 연락하며 지내라고 부탁했다. 학교에 가서 잠을 자고 내일 새벽 집으로 돌아가야만 하는 녀석과의 짧은 만남에 감사하며, 이번에는 울보를 면할 수 있었다. 나는 여기 식구들과 함께 손을 열심히 흔들었고, 녀석은 밤길 안내를 자청한 학생들과 같이 학교로 돌아갔다.

깊은 산속 아들이 떠나고 난 후, 녀석이 남겨놓고 간 선물 봉지를 열어봤다. 하하하, 엄마 젊어지라고 머리 동여매는 알록달록한 고무줄 서너 개, 네팔 팔찌 여러 개, 이마에 붙이는 띠까, 그리고 멋있는 산이 인쇄된 엽서 등 식구들 모두 그걸 보고는 무척 재미있어 했다.

그 소중한 것들을 마음 속 깊은 곳에 고이고이 간직하려고 쫘악 펼쳐 놓고 사진을 찍어뒀다. 그리고 엽서는 책갈피에 잘 꽂아두었고, 다른 것들은 좋은 일로 상을 받는 학생들에게 상품으로 주라고 비니타에게 맡겼다. 그 엽서들은 새해 연하장으로 아주 귀하게 쓸 것이다.

오늘은 그 예쁜 색깔의 머리 고무줄로 삐삐처럼 갈래 머리를 하고, 주렁주렁 화려한 팔찌도 걸치고, 번쩍이는 띠까를 넓은 이마에 딱 붙이고서 녀석의 꿈속으로 들어가 볼 참이다.

이별의식과 발병

파슈빠티는 학교에서 학생들과 하룻밤을 자고 새벽 첫 버스를 타고 집으로 돌아갔다. 학교에서 잠도 잘 잤고 버스 뒷좌석에 앉아 편히 갈 수 있게 되었다며 나를 안심시키는 녀석의 전화 목소리는 씩씩했지만, '배고프고 피곤도 할 텐데….' 하는 애틋함은 내게서 도통 떨어져나가질 않았다. 마음 가라앉히느라 짐 꾸러미를 들었다 놓았다 씨름을 하며 3월 8일을 맞이했다.

학교에서 기숙사 학생들과 운동하고 점심을 같이 하는 것이 오늘의 아니 긴 여정의 마지막 일정이었다. 운동장(마당!)에서 배구 경기를 하는 남학생들을 응원하기 위해 여학생들과 꼬맹이들이 햇빛을 따라 담장 아래 쪼르르 앉아 있었다.

네팔에서는 토요일에 학교들이 쉬니 학생들은 토요일에 목욕하고 빨래도 하는 모양으로 오늘은 모두 반짝반짝 빛이 났다. 나도 그들 가운데 끼어 앉아서 사진을 찍고 박수치며 응원도 했다. '아무편이나 이겨라, 이쪽도 잘하고 저쪽도 잘하는구나!' 하면서.

'라훌(Raful)'은 처음 만났을 땐, 교무실 탁자 위로 얼굴만 보이는 애기였다. 엄마 없이 학교에서 살며 여자 선생님들이랑 아줌마들을 엄마라 불렀고, 학생들 모두는 라홀의 누나들이고 형들이었다.

그랬던 녀석이 비록 코는 흘리지만 제법 'boy' 티를 내며 내 옆에 바짝 붙어 앉아 뭐라 뭐라 말을 걸어오며 과자도 건네주었다. 과자를 넙죽 받아먹는 한국 할머니가 신기했던지 그 아까운 비스킷을 세 개씩이나 주었다. 그걸 맛있게 받아먹고는 잠시 후 화장실을 들락거리게 되었다. 그리고는 사르르르 배가 아파서 햇빛에 데워진 시멘트 바닥에 눕게 되었다. 빅서즈마, 소누, 맥소빈이 할머니 주위를 맴돌며 놀아주기를 바랐는데도 불구하고, 이 할머니는 요지부동, 그야말로 천연찜질방 효과가 너무 커서 그만 잠이 들었던 게다. 얼마나 지났을까. 주문한 빵과 사과가 왔다고 떠들썩하는 소리에 일어나 아이들과 점심시간을 같이 했다. 그걸 나누어 주며 '건강하고 착한 학생, 공부 열심히 하는 학생'이 되어 달라고 부탁하면서 '아이구, 그놈의 공부는 언제 네팔까지 따라 왔냐?' 하며 혼자 웃었다.

라홀은 여전히 내 곁에 바짝 붙어 앉아서 빵을 조금씩 아껴서 뜯어 먹고 있었다. 빵을 아끼느라 그랬던 것인지, 이별이 아쉬워 조금이라도 더 같이 있고 싶어 그랬는지 아직 어려서 말로는 표현이 안 되는 그 녀석, 다음 만남 때엔 코밑도 깨끗해지고, 키도 훌쩍 크고, 씩씩하게 말도 잘하리라!

그때까지 잘 뛰어놀던 소누도 이별이 쉽지만은 않았는지 차츰 차츰 표정이 굳어지고 금방이라도 눈물을 떨굴 태세다.

"언제 다시 오세요?" 목 메임을 간신히 면한 그 녀석의 이별 인사에 "소누, 나하고 소풍가는 거 벌써부터 기다리는구나? 빨리 다시 오도록 노력할게. 엄마하고 재밌게 지내고, 친구들과 사이좋게 놀아야해, 아프지 말고. 안녕!" 하며 답사를 했다.

이별이 있어야 다시 만나는 기쁨도 있게 마련이거늘 웃으며 헤어지는 연습 좀 해 둘 것을 하는 후회 속에 내 눈에도 눈물이 가득 고여 있었다.

저녁 외출할 때까지는 조금의 시간 여유가 있어 짐을 확실하게 꾸릴 요량으로 집에 돌아왔건만, 어째 힘이 빠지면서 자꾸 눕고만 싶어지니 조금 불안했다. 나를 믿지 못하는 것만큼 겁나는 일은 없는데 말이다.

모노즈는 고향 사람들과의 모임에 참석키 위해(여기도 향우회?), 나는 마니와 저녁 약속이 있어 네팔에서의 마지막 외출을 하였다. 한국 식당으로 한 시간 후쯤에 나를 데리러 다시 오겠다며 마니와 나를 남겨두고 모노즈는 서둘러 나갔다.

우리는 된장찌개를 기다리며 트레킹 갔었던 동네와 치소파니 러버, 그리고 약속대로 그 학교에 공책을 사서 보낸 이야기를 하고 있었다. 마니도 그 동네를 촬영한 사진을 보내 줄 준비를 하고 있다고 했다. 뒤 테이블에서는 젊은 부부가 애기를 데리고 앉아 녹두 빈대떡을 먹고 있었다. "맛있어요?"

하고 한마디·던져보았더니 곧 "예, 많이 맛있어요. 한국에 또 가고 싶어요!" 하고 애기 아빠가 활짝 웃으며 대답했다. 한때 한국에서 일한 적이 있는 그 젊은 아빠는 한국이 생각날 때면 아내와 어린 아들을 데리고 한국음식을 먹으며 한국에 대한 그리움을 삭인다고 했다.

우리나라를 잊지 않고 사는 게 고마워서 약간 수줍은 듯한 그 가족이 너무 예뻐서 음식 값을 대납해 주고 싶었지만, 마니가 밥값을 내는 바람에 깩소리도 못하고 잘 가라며 어린 아들의 머리를 쓰다듬어주는 걸로 내 마음을 전했다.

뭘 먹어도 체하거나 탈이 난 적이 없었는데 이번엔 밥도 남기고 좀 으스스 하기도 해 모노즈가 빨리 오기를 학수고대했으나 그는 연락도 없었고, 더구나 전화도 안 받았다. 마니는 괜히 미안해하며 가까운 곳에 있는 공원으로 나를 안내했다. 쉬운 영어로 자세히 설명을 해줬고, 여기 서 봐라 저기 서서 이쪽을 봐라 하며 사진기를 들이대기도 했지만, 나는 너무 힘들고 추워서 서 있을 수가 없었다.

마침 어느 귀족 가문의 화려한 전통 혼례식이 거행되고 있어 좋은 볼거리가 있었는데도 눈이 자꾸만 감기고 덜덜 떨리기까지 하였다. 이를 악물고 아무렇지도 않은 척 참아가며 모든 수단과 방법을 다 동원해서 모노즈에게 연락을 취해봤지만 무소식이어서 나는 겁이 났고, 마니는 화가 났다.

마니는 택시번호를 적고, 값을 흥정하여 잘 태워다 주기를 간청했다. 어쨌든 어렵사리 학교에 도착하였으나, 학교 문은 이미 꼭 잠겼고 온 동네가 깜깜했다. '흥, 15년간 복지관 자원 교사하느라 커진 목소리 어디 써먹을라꼬?' 하며 용기를 내어 교문 안쪽에다 대고 울먹이며 냅다 소릴 질렀다. "헬프 미, 이놈들아!" 그때 화장실에서 볼 일 보고 있던 녀석이 듣고는 뛰어나와 보디가드 세 명을 대동하고 집에 도착하였으나, 정전이라서 '벨'도 무용지물이었다.

넷이서 아무리 합창을 해도 아무 기척이 없자 나는 그만 주저앉고 말았다. '이러다가 죽을지도 모르겠다!' 면서 땅바닥에 드러눕기 직전에 대문이 살며시 열리는 소리가 들렸다. 비니타가 촛불을 들고 문을 여는 게 희미하게 보였다. 모노즈가 전화를 해서 빨리 밖에 나가보라 했단다.

세상에 이런 일이! 보디가드들은 임무 완수했다며 웃으며 학교로 돌아갔고, 나는 기진맥진한 상태로 정말로 아슬아슬하게 화장실부터 찾았다.
고향 사람들을 만나고 나서 나를 데리러 빠져나오다가 이 사람 저 사람 말을 시키는 사람마다 악수하고 인사 주고받느라 전화 벨 소리를 못 들었단다. 밖에 나와 보니 아뿔싸, 시간이 너무 오래 걸린 걸 알고 깜짝 놀라서 비니타에게 전화를 했단다. 네팔에서만 있을 수 있는 이 미스터리한 사연을 나는 누워서 들었다.

"모노즈, 정말 살아 돌아와 줘서 고마워! 마니하고 나는 모
노즈에게 무슨 대형사고 난 줄 알고 얼마나 걱정했는지 몰라.
어쨌든 내일 마니한테 미안하단 전화나 해주면 좋겠다!"고
울먹거리며 네팔에서의 마지막 밤 인사를 했다.

모노즈와 비니타는 걱정스러운 듯 한참 동안 누워있는 나를
쳐다보다가 촛불을 들고 나갔다. 나에겐 너무도 길었던 네팔
에서의 마지막 밤이었다. 머리도 아팠고 춥고 떨리고 그리고
무서웠다. 땀, 눈물, 끙끙 앓는 소리에도 아랑곳하지 않고 밤
은 깊어만 갔다. 속절없이!

귀향

3월 9일 일요일 아침, 빅서즈마가 등교길에 인사를 하러 왔는데, 할머니는 엉망진창인 채로 간신히 일어나 인사만 받고는 다시 누워버렸다. 작은 녀석과도 그렇게 작별인사를 주고받을 수밖에 없었다. 그나마 비행기 시간을 맞출 수 있었던 것은 얼마나 다행이었는지….

후! 나를 환송하려 멀리서 가까이에서 찾아온 모노즈의 친지들과 동네 사람들에게 따뜻한 말 한마디 못 건네고, 그저 어떡하면 화장실에 안가고 비행기 안에 누워서 안양까지 갈 수 있을까 궁리만 잔뜩 부둥켜안고 그곳을 떠나왔던 게 미안해지기 시작했던 것은 한참 후였다.

체중 좀 줄여보겠다고 아무리 야단법석을 떨어도 꼼짝달싹하지 않던 체중이 아깝게 쭈욱 쭉 빠지며 '장티푸스 양성 반응' 이란 진단서를 받아들고서야 사뭇 어른이 될 수 있었다.

예전에는 그런 일이 결코 없었는데 나이가 드니 면역이 약화되어 이런 일도 발생했다. 위험한 순간이라고는 한 번도 없이 네팔을 드나들었던 십여 년간의 세월에 경의를 표하는 계기가 되었고, 끙끙 앓던 그 시간엔 나이를 먹는 것은 결코 부끄럽거나 슬퍼할 일이 아니다. 세상을 넓고 부드럽게 보는 지혜를 터득하는 과정이란 걸 깨달았다.

이유야 어떻든지 간에 멀리 흩어져 살고 있는 우리 가족을 생각하면 마음이 싸하게 아플 때가 있다. 그러다가 어머니께서 하시는 일에 조금이라도 도움을 드리고 싶어 동전을 열심히 모으고 있다는 우리 학생 사위와 딸의 응원, 이 세상에서 엄마를 가장 존경하고 사랑한다는 나의 아들, 대학교 1학년 때 네팔을 다녀왔고, 8년 만에 졸업 후, 이 세상에 살아남으려 미국에서 발버둥치고 있는 성현이, 그리고 네팔과 나를 곧장 연결시키며 변함없이 쏠쏠한 애정을 보내주는 친구들과 여러분들을 생각하면서 나는 네팔 아이들을 위해 뭔가를 계속할 수 있는 힘을 얻곤 한다.

4부

다시 네팔을 향한 준비

다시 네팔을 향한 준비

여러 날 집 떠나있을 준비를 하면 평소엔 보이지도 않던 것들이 많이 눈에 띈다. 옷, 신발, 책상 그리고 냉장고를 깔끔히 정리해야 하고, 세금이나 공공요금 등 자동이체 될 액수도 미리 맞춰 놓아야 한다. 이번에는 유서도 써보았다. 정신 못 차릴 정도로 아프거나 너무 충격적일 때 쓰는 것보다는 맑은 정신일 때 그리고 기분이 괜찮을 때 써두는 것이 좋겠다는 생각에서 그리하였다.

이번이 일곱 번째 네팔 방문이니 준비는 비교적 척척 진행되는 편이었다. 그쪽에서 필요할 거라고 생각되어 모아둔 걸 우선순위로 가려내는 게 시간과 힘이 제일 많이 든다. 들었다 놨다, 넣었다 뺐다, 쌌다 풀었다, 붙였다 떼었다, 저울에 올려놨다 내려놨다하며 준비를 해가도 언제나 아쉬움은 있게 마련이다.

이번엔 그런 일보다 더 중요하고 꼭 필요한 것이 있었으니, 그것은 '아름다운 마무리를 위한 준비' 였다. 10년 넘게 정성을 쏟아 부어 이젠 독립이 가능해졌지만 끈끈한 인연을 하루아침에 냉정히 끊을 수는 없다. 그래서 규모를 대폭 줄여서 5년만 더 도와준 후 좋게 마무리 지으려는 마음이 흔들리지 않게끔 하는 것이었다.

장학금이나 학교운영지원금의 액수와 횟수가 팍 줄었으니 지난 10년에 비하면 누워서 떡먹기다. 룰루랄라 신바람이 나서 콧노래가 나올 수 있으니 표정관리에 신경 써서 1년이나 2년 후에 다시 오겠다는 말도 하면 안 되고, '언제 올지 모르고, 못 올 수도 있다'는 말이 정확하게 전달되도록 영어로 말하는 연습도 찬찬히 준비해야 했다.

'누워서 떡 먹기' 그게 쉽다고 누가 그랬나? 누워서 떡 먹다가 사레 들려서 고생한 사람이 여기 있는데!

특별한 선물

　2년 넘도록 보관해 뒀던 수건, 샤프펜슬과 샤프심, 모자, 가방 등을 사람에 따라 묶을 짓고 거기에 그들이 좋아하는 구운 김 한 봉지씩을 넣었다. 비누나 옷가지 신발 등은 배로 미리 실어 보냈는데, 나보다 훨씬 먼저 출발한 그 선물들은 아직도 가고 있는 중이다. 네팔엔 바다가 없으니 인도를 거쳐 두 달 이상이 걸린다. 그 걸 받는 사람측도 세금을 내야한단다. 착불도 아닌데 말이다.

　나도 참 많은 선물을 받았다. 잘 다녀오라는 인사와 메시지, 밥은 물론 후원금까지. 그리고 갱년기 장애극복에 좋다고 각종 씨앗을 듬뿍 넣은 멸치볶음과 마늘 깻잎 장아찌도. 어디 그 뿐인가 많은 색종이와 구급약품, 피곤할 때 먹으라고 맛있는 사탕과 초콜릿 하다못해 손소독제까지 참으로 다양하게 받았는데, 그 중 가장 특이한 선물은 그냥 빗어 넘겨도 보기 좋은, 아주 손질하기 쉬운 머리 모양의 파마였다.

　그리고 선물 꾸러미의 수준을 쭈욱 올려준 게 한 가지 있으니, 서예가인 소연 엄마가 한글을 써 넣은 부채였다. 엄마 감기 들까봐 따뜻한 털이 들어있는 윗옷을 비싸지 않은 거라며

쑥스럽게 내놓는 사위와 딸의 마음도 내겐 아주 큰 선물이었
다.

　나는 안다. 뭐니 뭐니 해도 가장 좋은 선물은 그곳에 머무는
동안 건강하게 있으면서 해야 할 일들을 차분히 잘하고, 거기
사람들과 정을 나누고 씩씩하게 돌아오는 거라는 걸. 그것이
네팔이나 나에게는 그 무엇보다도 훌륭한 선물이라는 걸.

　받고 싶은 선물도 있었다. 예정일을 며칠 앞둔 딸의 출산 때
문에 출국 날짜 잡기가 쉽지 않았는데, 이왕이면 나 돌아온
후에 손주가 태어나기를 간절히 바랐다. 그래야 외할머니 체
면이 서니까!

이번에는 한국에서 사업을 시작할 때 도와준 걸 비행기 표로 갚은 K. P의 도움으로 그의 부인 리타(Reeta), 3살 아들 수빈(Subin), 8개월 된 딸 수유나(Suyna)와 함께 가게 되었다. 늘 짐이 많은 나는 누구랑 같이 출발하여야 물건을 많이 싣고 갈 수 있는지에 신경을 안 쓸 수가 없다. 그 kg 수에 따라 출발일이 결정된다 해도 과언이 아니다. 허나 이번에는 K. P네 세 식구가 출발하는 날에 같이 떠났으니 내가 그들에게 선택되어 18일에 출발하였다.

장난이 아니었다. 기내에서 개구쟁이 수빈이 싼 노란 똥이 구린내를 풍기며 바지 밖으로 삐져나오는 바람에 리타와 나는 기절초풍하였고, 낯가림이 심하지는 않았지만 가끔씩 심하게 울어대는 수유나를 안아서 달래느라 내 이름값을 톡톡히 했다. 나의 네팔 이름은 '나니' 영어로는 애기 돌보는 사람을 그리 부른다 하지 않는가? 하여튼 수빈과 수유나에게 이 한국 할머니의 동행이 좋은 선물되었기를!

공항에 도착하니 모노즈교장 선생님 가족이 마중 나와 있었다. 예상했던 것보다 훨씬 더 자란 두 딸 빅서즈마와 맥소빈을 보고 입을 다물지 못하는 사이에 둘째가 푸른색의 환영 수건 '카다(Khata)'를 목에 걸어줬고 큰 녀석은 사진을 찍고 아이구, 이렇게 좋은 선물이 또 어디 있겠느냐며 녀석들을 꼭 안아봤다.

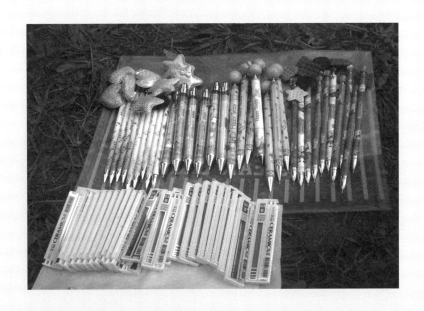

　모노즈의 집에서 짐 보따리를 풀어 가지고 온 선물들을 나
눠 주며 내가 제일 많이 던진 말은 '산 것 아니야! 친구들이
모아준 거야!' 였다. 한사람도 빠뜨리지 않고 챙겨오느라 힘
들었던 것은 어디가고, 미안함이 선물 안에 같이 들어있는 게
내 눈에만 보였으니 참으로 다행이었다.

　8일부터 시작된 더샤인(Dashain) 축제 때문에 학교는 방학
중이었고, 모노즈네도 아버지가 돌아가신지 1년이 채 안되어
즐거운 축제는 삼가고 있었다. 하여 부인 비니타 친정으로의

나들이에 동참하게 되었다. 비니타 부모님께서도 꼭 같이 오라하셨으니 불청객은 아니었고, 오히려 그 어른들과 오랜만에 재회하게 돼 그럭저럭 잘 되었다 싶었다.

바네파(Banepa)에 있는 그 집은 흙과 나무로만 지어진 아주 오래 된, 시쳇말로 하면 Well-being House 였다.
1,2,3층은 아주 좁은 나무계단으로 오르내리고, 층마다 2개의 흙방이 있고 4층은 부엌 겸 식당인데, 그 흙바닥이 얼마나 부드럽고 깨끗한지 맨발로 다녀도 뭐 하나 묻지 않았으며 촉감이 너무 좋았다.

그 안에 있는 20여명의 손님들은 주로 친척들이었다. 그냥 앉아 있으면 큰엄마나 고모쯤 되는 분들이 솥을 들고 다니면서 손님 앞에 놓여있는 나뭇잎을 꿰어 만든 그릇에 다양한 음식을 골고루 나눠 주셨고, 손님들은 그 걸 먹었다. 옆에 스텐리스 컵에 물이 담겨 있었는데, 그걸 마시려다 슬쩍 눈치를 보니 마시는 사람이 아무도 없었다. 살살 곁눈질하다가 그걸로 손을 씻는 사람을 봤다. 큰일 날 뻔했다. 수저도 없이 음식을 손으로 집어 싹싹 깨끗이 먹는 걸 보는 것은 흔한 일이었지만, 후식으로 나온 요플레 같은 것까지 한 방울도 흘리지 않고 손으로 싹싹 훑어 먹는 것이 정말 놀라웠다. 나 같으면 줄줄 흘릴 텐데.

어딜 가나 어른들 앞에 앉으면 이마에 띠카(Tika)를 붙여주시며 덕담과 과일 그리고 돈까지 주시는 것은 우리나라의 설

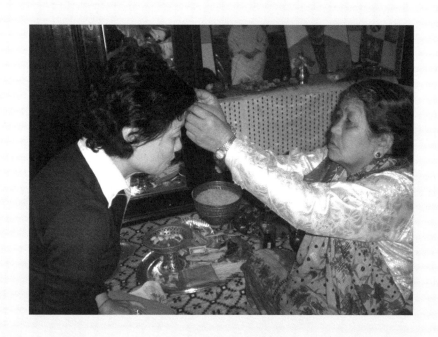

날과 같은 맥락이다. 그래서 나도 도착일로부터 며칠간 모노
즈가족의 일원으로 행세하며 돈을 좀 벌었다.

한국에서 온 '나니'라고 특별대우를 해 액수에도 좀 신경
써 주신 것이 안경을 쓰지 않아도 잘 보였다.

어쨌거나 2010년 10월 18일, 나는 24시간에 한국과의 시
차 때문에 추가된 3시간 15분을 더 선물 받았다. 길었지만
지루하지 않았고 뜻 깊었으니 특별한 선물이지 않는가.

이게 무신 트레킹이야, 트럭킹이지!

처음엔 이 정도는 아니었는데 정말 해도 해도 너무한다고 매일 투덜댔다. 10년 세월에 좋아진 것도 많지만, 폐차 직전의 자동차들이 질서 없이 위험하게 마구 달리고 오토바이들은 또 왜 그리 많은지. 또한 집이나 학교 밖으로 나가면 쓰레기 천국이니 나처럼 호흡기가 약한 사람은 마스크 없이는 외출이 불가능한 상태이다. 그래도 교통사고율이 우리나라보다 적단다. 하여튼 억지로 날을 만들어서라도 맑은 공기 맘껏 들이마시고 와야 한다는 강박관념이 나를 툭툭 건드렸다.

그리고 교장선생님 모노즈 집에 머물다 보니 식구들의 극진한 대접이 부담스러운 것도 만만치 않았다. 먹을거리를 챙겨주려 애쓰는 게 너무 미안하고, 뭘 도와주려 해도 풍습이 다르니 꼼짝없이 받아먹기만 할 수밖에 없었다. 그냥 놀러 온 게 아니고 중요한 일하러 왔고, 매일 있는 일 아니고 몇 년에 한 번 있는 일이니 오히려 식구들이 나로 인해 다 같이 행복하다는 것이 모노즈부부와 두 딸 빅서즈마와 맥소빈의 뜻이었지만 내 마음은 그렇지 않았다. 주인에게 며칠 휴가를 줘야만 한다는 판단이었다.

다행히 10월 26일부터 28일까지는 특별한 일을 만들지 않았고, 산으로 떠날 수 있게 되었다. 일찍 집을 나섰으나 서로 다른 곳에서 기다리는 바람에 한 시간을 길 위에 서 있었다. 그냥 서 있었던 게 아니고 아침밥 대신 공해를 흠뻑 배불리 먹었고, 이른 아침 터미널의 풍경을 적나라하게 봤던 시간이라 생각하면 덜 섭섭했다.

30여명의 승객들이 바늘 들어갈 틈도 없이 꼭 붙어 앉아 람중(Lamjung)을 향해 출발했다. 바로 앞에 앉은 독일 커플은 무슨 얘기가 그리 많은지 까르르 웃고 서로의 입에 과자를 넣어주고 가끔씩 뽀뽀도 하고 잘 때는 얼씨구 머리가 포개졌다. 공간이 좁을수록 그들은 행복해보였다.

그들 뒤쪽에 앉은 네팔 아저씨와 한국 아줌마 사이엔 팽팽한 긴장감이 끊어지기 일보직전이다. 서로 몸을 바짝 움츠려 될 수 있으면 닿지 않으려 했고, 차가 심하게 흔들리면 나는 창문 쪽으로 재빨리 머리 중심을 옮겨 꽝 소리 나게 부딪히고, 팔짱을 너무 꼭 끼어 겨드랑이와 주먹엔 땀이 찼다. 입엔 자물쇠가 채워졌었나? 초면도 아니고 한국과 네팔에서 이런 나들이 네댓 번쯤은 될 터인데 마니 라마와 나의 모습은 매번 이와 같으니 이 은장도 정신을 어이 할꼬?

그래도 목둘레가 닳아 찢어진 티셔츠를 입고 나온 싱글 맨 마니가 변함없이 내 트레킹 파트너인 것은 그가 남자이기 때문이고, 나의 삐걱거리는 영어에도 답답해하지 않으며, 뭘 물어보면 차근히 명쾌하게 웃으며 대답을 잘해주었고, 전시회차 한국에 왔을 때 먹여주고 재워준 걸 잊지 않고 고마워하니 돈이 적게 들었다. 그리고 제일 중요한 것은 연애하자고 치근

거리지 않는 거, 바로 그것이다.

　네팔에 하나밖에 없는 하이웨이(?)에 몰려든 차량정체로 예정시간보다 말할 수 없이 지체된 버스 안에서의 그 긴 시간이 여간 불편한 게 아니었다. 매연과 먼지 마시느라 힘들어 죽겠는데, 앞좌석의 독일 사람과 그 앞의 운전사가 피워대는 담배가 마스크와 머리 수건까지 덮어 이중벽을 친 나를 마구 공격하는 바람에, 나는 더 이상 참지 못하고 'I don't want to be a secondhand smoker! (나는 간접흡연자가 되기싫어!)'라고 소리치며 울부짖었다.
　그때 마니가 나서서 운전사에게는 크게 네팔말로, 독일 사람에게는 차분하게 영어로 다시 설명하고서야 나는 더 이상 간접흡연을 면할 수 있었고, 은장도 분위기도 담배연기 따라 멀리 날아가 버렸다. 어머나, 세상에 내가 제일 싫어하는 담배 덕분에 초긴장의 분위기가 싹 풀리다니! 하여 나는 더 이상 창문에 머리박기도 안하고, 자라목을 하지 않아도 됐다. 똬리처럼 꼬고 앉았던 몸이 풀어질 공간이 생긴 것도 아닌데 편안해졌고 말문도 열렸다.

　그렇게 한참을 가다가 모두 내려서 네팔 정식인 달밧(Dalbhat)을 먹었다. 시장이 반찬이었고, 먹어야 버틸 수 있으니 감사한 마음으로 잘도 넘겼다. 그리고 또 달렸다. 배가 부르니 창 밖 저 멀리 보이는 설산도 그제야 아름답게 보였고, 어디론가 향해 흘러가는 강물도 평화스럽게 느껴지기 시작했다.

둠레(Dumre) 삼거리에서 포카라나 치트완(Chitwan) 으로 가는 그들과 헤어져 우리는 운전자까지 다섯 사람이 앉을 수 있고 뒤 칸에는 짐을 실을 수 있는 트럭에 올라탔다. 그런데 맙소사, 갈레가운(Ghalegaun) 으로 가는 마지막 차라고(마지막 차가 아니라 해도 그랬을 거다) 차안엔 무려 10명, 지붕 위에도 몇몇 사람과 짐이 가득하고 외국인이라고 앞에 태워줬는데, 1인 좌석에 나를 가운데 두고 양 옆에 앉은 두 아줌마들이 어찌나 크게 떠들고 웃는지 귀청 떨어지는 줄 알았다.

운전수가 기아 변속기 찾느라 왼손으로 더듬을 때마다 다리가 오싹오싹했다. 여자 다리 6개 그 가운데 변속기 하나가 파묻혔으니 내 다리가 붙잡힌다 해도 어쩌겠는가? 깜깜한 밤중에 꼬불꼬불 울퉁불퉁한 산길을 가느라 애쓰는데 그까짓 다리 한번 잡혀주지 뭐. '이왕이면 내 다리가 변속 기능까지 갖췄으면 좋으련만!' 하며 동지애 발휘! 꼭 끼었으니 아무리 출렁거려도 위쪽으로 튀어 오르는 것은 없었으나 좌우로 흔들리기는 아주 심해 어머나, 세상에 속옷이 다 풀어졌네그려! 이게 무신 트레킹이야, 트럭킹이지!

세 시간쯤 산을 달려오고서야 운전사는 저녁 먹으라고 우리들을 내려줬다. 그때가 저녁 7시 30분이었으니 아침에 차를 타고 출발한 지 꼭 12시간 만이었다. 달님 별님을 마주보며 그렇게 가까이 다가서 있어 본 적은 처음이었나 보다. 너무 황홀하여 밥은 먹는 둥 마는 둥했다.

산골마을 사람들은 가게에서 네팔 라면을 먹는 한국사람 구경하느라 뭐라 뭐라 귀엣말을 한다. 내 옆에 앉았던 그 수다쟁이 아줌마들은 거기서도 쉬지 않고 하하하 깔깔이다.

처음엔 시끄러웠는데 부러워지기 시작했다. '웃을 일 그리 다많은 것 축하! 건강에도 참 좋겠네!' 라는 뜻으로 손을 흔들어 거기서 헤어졌다. 이젠 차 안에 다섯 사람, 수다 떠는 사람

없으니 졸리고, 조그만 공간이 생기니 몸이 위로 튀어 올랐다. 비명 지를 때마다 네팔 사람들은 우스워 죽겠단다. 차의 왼쪽 바퀴가 들려진 채 달릴 땐 '으악! 나 조금 있으면 손주 보게 될 거구, 두 아들들 결혼할 때 게네들 옆에 서 있어야 하는데 꼭 이렇게 가야만 하는 거야?' 며 이를 악물었다.

다행히 아무 일 없이 갈레가운에 도착했다. 마니가 동네 사람하고 숙소를 알아보는 동안 달과 별이 환하게 반짝이며 나를 반기는 걸 보았다. 이런 환영을 받아본 사람 또 있을까? 밤늦게 찾아든 손님을 맞느라 자다 말고 뛰어나온 식구들, 우리는 미안했지만 그들은 행복해했다.

너른 황토바닥 부엌 아궁이 앞에 앉아 따뜻한 차를 한 잔 마시고는 나는 그 부엌 왼쪽에 마니는 오른쪽 방으로 들어갔다. 두 개의 이불을 포개어 덮고 누우니 포근했다. 갈라진 나무 지붕 사이로 꼭 닫히지 않는 문틈 새로 별빛 달빛이 '아니 저 사람은 어디서 왔다?' 하며 들여다보는 것 같은 느낌이 좋았다. 분명 밤바람 산바람이 손을 잡고 술술 드나들었을 텐데 전혀 춥지 않았다.

갈레가운(Ghalegaun) 사람들

마니는 늘 새벽이면 일어나 밖으로 나간다. 히말라야에게 인사도 하고 일출사진을 찍는데 지극정성이다. 내 방에서 부엌 쪽으로 난 작은 창문이 있는데 커튼으로 가려져 있어 부엌에서의 소리가 아주 잘 들렸다. 주인아줌마의 흙바닥을 왔다 갔다 하는 맨발 소리가 쿵쿵 정겹게 들려오고, 뾰족한 대소쿠리 엎어 그 속에 가둬두었던 엄마닭과 병아리들을 풀어주면 엄마랑 아기들이 합창을 하며 밖으로 나가는 소리에 내 마음도 쪼르르 그들을 따라 나가곤 했다.

아침 햇살이 너무 밝아 멀리서 설산이 반짝이고 동네 아이들은 조그만 멍석 같은 걸 하나씩 들고 나와 양지바른 곳에 옹기종기 모여 앉아 숙제를 했다. 코가 오르락내리락 길을 얼마나 잘 닦아 놓았는지 중앙선이 뚜렷한 도로가 만들어졌어도 더럽다는 생각이 전혀 들지 않는 동네다.

녀석들 사이로 병아리들이 엄마를 찾아 삐악거리며 바쁘게 돌아다녔다. 숙제를 마친 녀석들은 책을 손에 들거나 옆구리에 끼고 학교로 향하는데, 가방이 없다고 그들이 불쌍타 생각할 것도 아닌 그런 마을이었다. 가방을 메고 다니는 학생들이 드무니까.

멀리서 고개를 몇 개씩 넘어 학교에 오는 학생들, 그리고 학교 끝난 후 많이 걸어 집에 와서는 집안 일 돕느라 바빴다. 깊은 산중이니 전기 사정도 안 좋아 수업은 늦게 시작해야하고, 숙제는 아침에 하는 게 당연하다는 걸 예전엔 미처 몰랐었다. 꼭 대화를 하고 설명을 들어야만 무엇을 깨닫게 되는 것만은 아니라는 걸 갈레가운 꼬마 친구들을 보고서야 알았다.

　24시간 아니 늘 냉장고를 틀어놓고 밤새도록 네온사인이 번쩍이는 걸 당연시하는 우리들보다 더 지구를 사랑하고, 남을 배려하는 마음도 우리보다 더 깊을 수도 있는 녀석들에게, 사진과 학용품을 준비해놓고 왔는데 지금쯤 잘 전달되었기를!

　마니의 가방을 내가 둘러메고 마을 뒤쪽으로 가봤다. 어딜 가나 설산이 배경이 되어주니 아무데서나 셔터를 눌러도 좋은 작품이 나올 것 같았다. 마니는 카메라의 무거운 삼각대를 들고 이리저리 옮겨 다니며 사진 찍기에 푹 빠져있었다. 나는 이슬 꽃에 정신을 홀딱 빼앗겨 발을 떼지 못하고 서있었다. 아직 돌아가지 못한 하얀 아침 달, 너무 따사로운 아침 햇살, 그리고 설산까지 풀밭을 비춰주니 풀 위에 내려앉은 이슬방울들이 수정 아니 다이아몬드처럼 반짝였다. 차마 밟고 지나갈 수 없었던 그 곳에서 나는 「아름다운 것들」이란 노래로 그들에게 인사했다.
　저 아래 천연 잔디축구장, 그리로 소들이 자유롭게 지나가고 있기에 "야, 너희들 여기 축구하러 왔니? 저 언덕 위의 양들과 시합하기로 했어? 내가 심판 봐 줄까?" 하며 말을 시켜

봤다. 눈만 껌벅이다가 커다란 똥을 몇 덩이 내려놓고는 어디
론가 가는 녀석들에게 소리쳤다. "행복한 줄 알아라. 한국 같
으면 이런 자유는 어림도 없거든!"

갈레가운 뒤쪽 조금 더 높은곳 2,150m간포카라(Ghanpokhara)
에서 태어나 산 건너 마을로 시집왔다는 40대 중반인 주인아
줌마의 친정 동네까지 가는 길에 설산이 쭈욱 보였고, 학교에
가는 아이들을 만나는 것도 반가운 일 중의 하나였다. 사탕
100개를 챙겨왔건만 모자랄까봐 두 개씩 못 준 게 아직도 미
안하다. 우린 서로 말은 없었지만 흐뭇한 표정으로 마음을 주
고받았다.

아궁이 앞에 앉아 그녀가 밥 짓는 모습을 지켜보는 것도 우
리 소통방법의 한 가지였다. 긴 파이프를 입에 대고 후 불면
불꽃이 살아났고, 불에 올려놓을 솥단지 바깥엔 흙을 발라서
까맣게 낀 그을음이 쉽게 닦아지도록 하는 등 살림 솜씨가 상
당히 지혜로운 것에 놀라면 그녀는 활짝 웃었다. 작은 주전자
같은 것으로 물을 끼얹어 손은 얼마나 자주 씻는지, 또 어느
것 하나 미리 해놓지 않고 바로바로 해서 먹으니 음식 상할
염려도 없었다.
네팔식 정식인 달밧(Dalbhat)을 먹고는 마니가 쉬는 동안
혼자서 아랫동네를 한 바퀴 돌다가 지역 관리인을 만났는데,
꼼짝없이 입장료 4,000루피를 내고 말았다. 유네스코가 어쩌
고저쩌고 하기 전에 좀 비싸긴 하지만 외국인으로서 당연히
내야한다는 생각엔 변함이 없으나, 그 돈이 이곳에 사는 주민

들이나 람중(Lamjung) 이라는 지역을 위해 제대로 써질까 걱정이 되었다.

　설산은 아침보다 더 많은 부분을 찬란하게 보여줬다. 아침에 올랐던 산 반대쪽에 한참을 앉아 있었다. 그저 바라만 봐도 내 마음을 저 아래로 내려놓게 되고, 가만히 있어도 속속들이 내 맘을 다 알 것 같은, 침묵이 곧 대화였던 그때 그곳의 그 산들이 아직도 내 맘 안에 그대로 있다. 오래오래 머물러 있기를!

　마니는 일몰을 기다리느라 산 위에 있었고, 나는 아궁이 앞에 앉아 동네 사람들과 수다를 떨었다. 푸른 콩을 까면서 손짓 발짓 의성어 의태어 총동원하여 삼십분 이상이나 떠들었는데 내 나이가 55세라는 것, 그리고 콩을 빼낸 나머지 퍼런 것들은 소에게 준다는 것, 그 두 가지만 성공하고 나머지는 웃음소리로 통과되었다. 웃음이 만국공통어라는 건 여기서도 적용됐다.

　머리 감은 지가 나흘이나 지났음이 왜 하필 그때 떠올랐는지! 아무 생각 없이 '나 머리 감고 싶어요!' 라고 마니에게 말했는데, 무슨 말이던 평소엔 활짝 웃으며 응했던 그는 이번엔 그 동네 병아리 눈곱만큼의 표정도 없이 '왜, 오늘? 왜, 여기서?' 하고 되묻는 게 아닌가? 아뿔싸, 얼른 꼬리를 내리고 '미안, 내일 카트만두 집에 가서 할게요!' 하고는 내 방으로 뛰어 들어가다가 낮은 문틀에 머리를 찧었지만 아야 소리도 못했다.

　그는 그냥 대화에 응했을 뿐인데 나는 야단맞은 기분이었지만 괜찮았다. 산에서 밤중에 머릴 감고 감기 환자 될까봐 걱정되어 그랬을 수도 있었겠지만, 일단 내가 머릴 감겠다고 하면 학교에서 한 시간 넘게 걸어 집에 온 딸이 저쪽 아래 밭 구석에 있는 물통에서 물을 길어 와야 하고, 엄마가 아궁이에 불을 지펴 데운 후, 다시 마당에 내다 놓아야 한다는 걸

계산하지 못하고, 내일이면 머리 감은지 닷새가 될 거라고, '4+1=5'의 그 알량한 숫자만 세고 있었으니 야단맞아도 싸지, 싸!

아궁이 앞에서 로띠(Roti-밀전병 같은 것)를 먹는데, 큰딸 바라티(Bharati)가 꽃을 따다가 실에 꿰어 목걸이를 만들며 귀를 쫑긋하고 있었다. 남편이 비싼 이자로 빚을 얻어 카타르에 돈 벌러 가서 많이 고생하고 있으며, 여기 식구들도 이자 갚느라 힘드니 손님들이 많이 왔으면 좋겠다고 애절하게 하소연하는 걸 들으면서 아무 대답도 못했다. 캄캄한 밤처럼 그녀의 속도 시커멓게 타버린 걸 알지만 내가 그녀에게 저 하늘의 별님이나 달님 역할을 해 줄 수 없음이 그저 안타까울 뿐이었다.

여전히 별빛과 달빛이 내일 아침이면 떠날 안양에서 온 아줌마를 포근히 감싸준 밤이었다. 아줌마는 어제 아침처럼 갓 삶은 달걀 두 개와 차 그리고 감자볶음을 따뜻하게 우리 앞에 내놓았다. 어제 저녁 꽃목걸이를 만들었던 바라티는 눈 맞춤이 어려운지 뒤꼍으로 자꾸만 피하다가 배낭을 둘러 멜 때쯤 내 옆으로 왔다. 어제는 숙녀용 예쁜 새 팬티 하나를 줬고, 오늘은 내 목을 감싼 수건을 풀어 바라티의 목에 둘러주며 고맙다고 잘 있으라고 뽀뽀를 해줬지만, 바라티는 끝내 고개를 들지 못했다.

옆집 아주머니랑 주인아주머니가 어제 저녁에 바라티가 정성스럽게 만들어 놓은 꽃목걸이를 걸어주고 하얀 띠카를 붙여주며, 울음과 미소가 뒤섞인 표정으로 이별 인사를 했다.

고개숙여 인사를 하고는 한글이 선명하게 새겨진 세수수건
을 드리고 돌아섰다. 다행히 마니가 친구들과 다시 오마고 말
을 하는 바람에 우린 서로에게 손을 흔들 수 있었다.

충분한 대화를 한 것도 아닌데 나는 갈레가운 산마을 사람
들의 속내를 알 수 있었고, 그들도 내 마음을 잘 이해한 듯 아
주 편안했다. 꼭 말을 해야 서로를 믿게 되는 것은 아닌가 보

보다. 말보다는 마음이 더 잘 통했던 그때 그 사람들을 생각하면 코끝이 싸해진다.

차들이 도착하고 떠나는 곳, 이 마을에서는 비교적 너른 마당에 어제부터 친해진 사탕친구들이 놀다가 트럭에 탄 마니와 나를 보고는 "안녕!"이라 말하며 손을 흔들었다. 나도 열심히 답례를 했다. 사탕 하나 받고서 그렇게도 행복해했던 그 녀석들, 머리를 쓰다듬어 주거나 손을 살짝 잡으면 흠칫 놀라기도 했고, 너무 좋아 어쩔 줄 몰라 했던 꼬마 친구들이 안 보일 때쯤에야 나는 우리가 그젯밤에 올라온 길을 볼 수 있었다. 끔찍스러웠다. 2,000m 위에 자리 잡은 마을이라지만 옆엘 보니 낭떠러지가 장난이 아니었고, 굽이굽이 돌고 돌아 온 길이 저 앞에 끝이 안보이게 있으니…….

'깜깜한 밤중에 우리가 여기를 온 겨?' 하며 아연실색했다. 운전수까지 다섯 명 정원인 트럭에 이번엔 일곱 명에 갓난이 한 명이 탔다. 아침 햇살을 안고 덜컹거리며 차는 너무 잘 달렸고, 그 안에서 나는 '앉아서 점프'를 얼마나 많이 했는지 엉덩이뼈가 으스러지지 않은 것이 천만다행이었고, 덕분에 내 생애 두 번 다시 해보지 못할 내장 뒤집기 운동을 아주 훌륭하게 했다.

한참을 가다가 다시금 뒤를 돌아보면 우리가 지나 온 길이 설산을 배경으로 그림처럼 예쁘게 보였다. 실제로는 아주 험난한 코스였는데…. 그렇다! 우리가 살아온 지난날과 똑같구

나. 죽을 정도로 힘들고 아팠던 일도 지금 생각해보면 여기까지 오는데 필요했던 과정이었고, 앞으로도 몇 번은 더 덜컹거리겠지만 그땐 미리 엉덩이를 살짝 들어 충격을 줄일 수 있는 지혜도 생길 거라는 생각이 끝없이 이어졌다.

마니는 여전히 카메라를 갖고 산과 계단식 논, 그리고 사람들을 찍느라 바빴다. 마니는 우리가 지나 온 길과 그가 만드는 영상과 조용히 나름대로의 대화를 했던 모양이다.

가는데 하루, 갈레가운에서 꼬박 하루, 오는데 하루, 2박 3일의 우리들의 트럭킹, 이틀 후 시내에서 마니를 만나 한국음식을 먹으며 갈레가운 사람들 이야기를 했다. 벌써 추억이 돼버린 우리들의 여행 CD를 선물로 받고 필그림(Pilgrim)서점 앞에서 헤어지는데, 그의 어깨 위로 내 눈물방울이 뚝뚝 떨어졌다. '아, 이 양반이 나보다 작았나보군!' 하며 억지로 엉뚱한 생각을 끄집어 올렸다. 마니는 울지 말라며 내 등을 토닥여주었다. 눈물이나 포옹보다 더 확실한 송별사가 또 있겠는가. 혼자서 훌쩍훌쩍하며 서점 안으로 들어왔다.

그림엽서 진열대에 나란히 계신 달라이 라마, 넬슨 만델라 그리고 마더 테레사를 보며 뜨거운 눈물을 주체하지 못해 쩔쩔매고 있는데, 권총을 찬 청원경찰이 다가오는 바람에 자동으로 그쳤다. 그 아저씨는 내가 달라이 라마를 뵙고 감격스러워 우는 줄 알았나 보다. 고개를 끄덕이며 미소를 보냈으니 말이다.

160

세 천사들의 꿈

언제나 밝고 씩씩한 소누 그리고 모노즈 선생님의 두 딸 빅서즈마와 맥소빈과 소풍을 가기로 한 약속을 지키려 시간을 냈다. 겨우 반나절 동안의 나들이였지만 언제나 그랬던 것처럼 무척 좋았다.

아빠를 많이 닮은 소누는 튼튼하게 잘도 컸다. 2006년, 2008년 그리고 이번이 세 번째 만남이었는데 가슴도 쏘옥 나왔고 엉덩이가 통통해 제법 아가씨 티가 났다. 그리고 영어도 상당히 늘어 곧잘 말을 걸어왔다. 다음에 만나면 아마 영어는 나보다 훨씬 낫고 키는 엄마보다 상당히 크지 않을까?

아이스크림을 먹으며 물어봤더니, 기특하게도 장차 사회복지사가 되고 싶단다. 한국어와 문화에 관심이 많아 몇 마디의 한국말도 할 줄 알고, 궁금해 하는 것들도 참 많았다. 이 한국 할머니와의 헤어짐이 아쉬워 눈물 글썽이는 소누와 '월드컵, 올림픽, 아시안 게임 등에서 한국과 네팔을 서로 응원하자'고 손가락을 걸고 나서야 소누도 나도 편하게 발길을 돌릴 수 있었다.

빅서즈마는 책을 붙들면 꼼짝 않고 보는 편이다. 한국 봉사자 선생님들이 두고 간 종이접기 책을 펼쳐놓고는 별의 별 것

162

을 다 만들기도 했다. 선생님이 되겠다기에 내가 박수를 치며 제안했다. "할머니가 한국에서 색종이 보내줄게. 일 년에 몇 번이라도 학교 꼬마들에게 한 장씩 나누어 주고 종이접기를 가르쳐보면 어떨까? 최연소 선생님으로 기네스북에 오를 일이지?' 하며 으샤으샤 했더니 싫지는 않은 모양이었다. 그 강사님 수당은 내가 송금해주기로 약속했다.

맥소빈은 이제 8살인데 아침 일찍 일어나서 설거지부터 했다. 엄마를 돕는 일이라면 뭐든 마다하지 않는 편이었다. 영어가 시원찮은 엄마의 말을 내 수준에 맞춰 쉽게 정확하게 통역함은 물론, 내가 식전에 사과 먹는 걸 좋아한다는 걸 알고는 아침마다 사과를 하나씩 갖다 주기에 'Great Apple Server' 라 부르기도 했다.

녀석은 건넌방 여자 기숙생 언니, 동생들과도 사이좋게 잘 지낼 뿐만 아니라, 학교에서도 어려운 학생들을 잘 도와주곤 한단다. 간호사가 되고 싶다기에 왜냐고 물었더니 불쌍한 사람들을 돕고 싶어서라고 말하여 나를 감동시켰다.

꿈이야 늘 변할 수 있는 것이지만 어여쁜 세 천사들의 꿈이 많이 달라지진 않을 거라는 생각이 든다. 나도 그랬으니까!

공포의 K·F·C

대학진학 장학금 혜택을 받은 학생들(어른들?)을 다시 모두
불렀다. 10여 년 전부터 학교를 방문하는 나를 보아왔으니 녀
석들은 나를 잘 알아봤는데, 녀석들이 어찌나 컸는지 나는 도
대체 갸가 그 놈인지 쟈가 저 녀석인지 그저 놀라기만 했다.
일하느라, 아파서, 축제 기간이라 머나먼 고향에 있어서 못
온 사람도 있었지만, 우리 학교에서 선생님을 하며 대학원에
다니는 학생이 넷이나 되고, 의학, 엔지니어, 생물학 등을 공
부하고 있다는 자기소개를 할 땐 얼마나 뿌듯하던지!

하지만 학업을 포기하고 어린 동생들을 셋이나 키우느라 일
찌감치 생활전선에 뛰어든 아르빈드라(Arbindra)에게도 힘내
라고 박수를 많이 쳐줬다. 멋진 총각 산제이(Sanjay)는 어머
니랑 여동생과 힘들게 살면서 경영학 공부도 열심히 하고 뮤
직 밴드의 멤버로 신나게 노래를 하고 있단다. 지난번에는 축
구 선수 베컴처럼 닭 볏 같은 머리 모양이었는데, 언제나 톡
톡 튀는 헤어스타일과 밝은 표정이 예나 지금이나 똑같다.

지난번 모임 땐 내가 샀으니 이번엔 내가 얻어먹을 차례였
다. 하지만 5시간이나 차를 타고 온 사람도 있고 아직은 자기
공부하느라 바쁘니 내가 다시 한 턱 내기로 했는데, 맙소사

164

그들이 원하는 곳은 'K·F·C'이었다.
  '아니, 네팔 음식 먹지! 왜 굳이 거길 가려하는 거야? 거긴
비싸잖아!' 우리말로 구시렁거렸다. 그리고 일단 햄버거부터
하나씩 먹이고 치킨은 좀 있다가 먹으라고 쩨쩨하긴 했지만
얄팍한 내 지갑으로는 혈기 왕성한 12인을 감당할 자신도 없
었으니 어쩔 수 없었다.

처음으로 밝히는 비밀! 난 먹고 싶어도 침만 삼켰다. 왜 안 드시냐고 물어오면 배가 너무 불러서 먹을 수 없다고 말하고는 작은 아이스크림 한 개로 배를 채웠다. 사실은 그 녀석들 먹는 것만 보고 있어도 배가 저절로 부르기도 했다. 그 10월 20일, 네팔에서의 내 일기 제목은 '공포의 K·F·C'였지만 나는 밤새도록 행복한 웃음 지으며 잤나보다. 웃다가 잠에서 두어 번쯤 깼었으니 말이다.

몇 해만 더 끌어주면 자기네들끼리 장학회를 결성해 후배들을 길러 낼 수 있겠다는 확신이 든다. 그래서 나는 네팔에 갈 때마다 녀석들과의 만남이 참으로 기대된다. 저희들끼리의 모임이 결성되면 나는 허리가 굽어 지팡이에 의지하고서라도 그 모임에 꼭 가보고 싶다.
　하지만 그 무서운 K·F·C 말고, 학교에서 빵 하나에 우유 한 잔, 그리고 사과 한 개로 식사를 하면서 지난날을 이야기하는 시간이면 만족하겠다.

그렇지만 그 중 한 녀석이라도 크게 성공하여 우리 모두를 K·F·C로 초대한다면 그땐 아이스크림 말고 치킨부터 먹어봐야징! '나도 그 모임에 낄 테야!'라고 앙탈을 부리면서 말이다. 그게 누굴까? 산제이(Sanjay), 사루(Saru), 리나(Reena), 고빈다(Gobinda), 아르빈드라(Arbindra), 프로산(Prosan), 빔(Bhim), 다르마(Dharma), 코필라(Kopila), 랄리타(Lalita), 사지나(Sagina), 아니면 나기나(Nagina)? 녀석들

의 얼굴을 하나하나 떠올리고 있노라면 벌써부터 군침이 돈
다.

네팔 가족들

엄마가 왔다는 소릴 듣고 한걸음에 달려온 네팔 아들 바즈라가 아내를 인사시키며 "메누리(며느리)가 밥해서 엄마께 드려야한다."고 말했다. 더 값나가는 선물도 있었는데 '호수가 산을 품을 수 있는 것은 깊어서가 아니라 맑아서이다'라고 쓴 우리나라 부채를 받아들고 바즈라는 눈시울을 붉히며 아내에게 자상하게 설명하였다. 새색시 칼파나(Kalpana)도 그 뜻에 감동하며 나에게 눈인사를 했다. 그런 말을 무척 좋아한다고 바즈라가 으쓱으쓱했다. 그런 걸 좋아하다니……. 그래서 나도 처음 만나보는 며느리에게 믿음이 갔다. 잘살 것 같은 좋은 예감이다. 돈 모아서 예쁜 배냇저고리 서너 벌 준비해야겠다.

아이구 먼주도 아주대학교 국제대학원을 졸업하고 미국유학중인 신랑과 결혼 했다. 신랑은 아직 미국에서 공부중이고 먼주는 한국에서 생활하고 있다. 또한, 니르와 베누는 여전히 평등+잉꼬부부로 잘살고 있다. 환경이 꽤 좋은 동네에 집을 짓고 육아와 가사노동을 같이 하며 두 아들을 키우고 있다. 한국에서 번 돈으로 땅 사놓은 지는 꽤 오래 되었고, 형님과 아버지한테서 돈을 빌려 집을 지었단다. "은행에서 돈 빌리면

168

이자가 너무 비싸요. 누님, 부지런히 벌어서 갚아야지요.”
하는 니르의 말에 “아이구, 다행이로다! 나한테 돈 빌려 달라
했으면 어쩔뻔했누? 형님, 아버지 돈 떼먹지 말고 꼭 갚아야
한다!”라고 수선을 떨었다.

특별히 기억나는 일은 선물 꾸러미 속에서 김을 발견하고는
‘김! 김!’라고 소리 지르며 방방 뛰었던 둘째 아들 아라한
(Arahan)이다. ‘김’을 어찌 알았을까! 이제 다섯 살배기가.

국제적으로 바쁜 네팔 신사 양반 바산타가 반가워 전화를
했다. 그리고 10월 22일 샹그릴라 호텔로 초대되어 갔다. 네
팔에서 그를 만나면 언제나 분수에 넘치는 호사를 누리며,
‘아니 네팔에도 이런 사람이? 이렇게 근사한 곳에서?’ 하면
서 연신 고개를 갸웃거리는 편이다.

고전적 냄새가 흠씬 풍기는 샹그릴라 호텔 뒤 가든 뷔페에
서 유럽 단체여행객들 속에 끼어 식사와 공연을 즐겼다. 그의
명쾌하고 막힘없는 대화와 유머에 푹 빠져 언제나 허우적거리
곤 했는데 이번에도 그랬다. 최근의 한국에 대해 말해 달라는
청을 받고 우물쭈물하면서 몇 마디 했더니 “나니, 이번엔 누
가 자살을 했는지 왜 말하지 않아?” 했다. 그러더니 “우리나
라에서는 그런 힘 있는 사람들은 절대로 자기 스스로를 죽이
지 않거든, 그들은 남을 죽이지 그것도 아주 쉽게 말야.”
하면서 그래도 일말의 양심이 있어 자살하지 않았겠냐며 부러
워했다.

그는 내가 가장 존경하는 네팔사람이다. 끊임없이 외국 책을 번역하여 자국에 소개하고 산악 영화제를 주관하는 시인 바산타가 물었다. 언제 또 만날 수 있겠느냐고. "언제든지 당신이 원한다면요!"라고 길 건너편에서 크게 소리치는 나를 향해 함박웃음을 보내며 손을 열심히 흔들었던 바산타. 나는 오늘도 네팔 오라버니인 그 양반을 닮고 싶어 바둥거린다.

포카라에 살던 빠슈파티(Pashupati)는 가난에서 벗어나고자 핀란드로 돈 벌러 갔다. 이메일을 몇 번 주고받았을 뿐이니 녀석을 보고 싶어도 참아야 했다. 다음에 혹시 안나푸르나 쪽을 갈 수 있으면 포카라에 들러 녀석의 엄마라도 만나봐야겠다는 생각이다. 2012년 나의 수첩 주소록에도 녀석의 연락처를 옮겨 적었다. 여전히 나의 네팔 가족이니까.

예전엔 모노즈의 아버지께서 늘 웃음으로 내 인사를 받아주셨는데, 지금은 안 계신다. 아마 하늘나라 어디쯤에선가 한국 딸이 왔다고 반가워 하실 게다. 그 아버지께서 운영하셨던 대문 옆에 있는 가게는 시집 안 간 딸 니타(Nita)가 운영하고 있다. 그리고 집 1층에는 시골에서 온 먼 친척과 세 가구 정도가 세 들어 살고, 네 마리의 닭도 동거한다.

2층엔 모노즈의 어머니와 Nita의 방과 주방이, 그리고 TV가 있는 거실이 있다. 2층엔 거의 날마다 손님들이 찾아드는 편이다. 3층에선 모노즈 부부와 두 딸과 8명의 여학생들이 함께 살고 있다. 여학생 기숙사라고나 할까. 내가 떠나오기 전전날엔 이웃집에서 준 강아지가 새 식구로 합류했다. 고향이 시골이거나 부모가 안계시거나 한 부모 가족인 여학생들이니 강아지는 그 소녀들에겐 더할 나위 없이 좋은 가족이 된 것이다.

그 여학생들 중 아스미타(Asmita)라는 아이는 구루병을 앓고 있었다. 아스미타는 자기의 키가 더 이상 크지 않을 거라는 걸 알기에 늘 의기소침해 있지만, 공부만은 아주 잘한다. 어느 날 밤, 모두 함께 학교에서 집으로 가는데, 컴컴해서 둘씩 짝꿍을 해야 했다. 나는 일부러 아스미타 옆으로 가서 손

을 잡았다. 녀석은 우등생답게 또박 또박 영어를 어찌나 잘하
는지 심심할 새가 없었다. 언제 다시 올 거냐고 물었을 땐, 꼼
짝없이 내가 지고 말았다. 이번이 마지막 방문이 될지도 모른
다고 어느 누구에게나 잘 말해 왔는데…… 그걸 사정없이 무
너뜨리고 뒤집은 사람은 아스미타였다. "다음에 내가 다시 오
면, 네가 활짝 웃는 얼굴을 다시 보고 싶다."고 말했던것이
다.

  그날 밤 송별파티에서 나는 그들에게 오카리나를 연주해줬
고, 아스미타와 친구들은 나를 위해 네팔 노래를 불러줬다.

그리고 내가 부탁했다. 며칠 전부터 식구가 된 강아지의 이름을 'Gang Ah Jee(강아지)'라 지어 불러 달라고.

아이들이 아침마다 'Gang Ah jee!'라고 부르며 뽀뽀를 하고 학교에 갈 땐 자기들 방에 넣어두고 가는 게 여기서도 보인다. 강아진 얼마만큼 컸을까? 닭들하고 싸우진 않겠지? 아스미타는 아프지 않고 학교에 잘 다니는지? 그곳 가족들이 보고 싶다.

나니(Nani)

2010년 11월 1일 비행기 탑승 서너 시간 전, 작별 인사를 하려고 학교에 들렀다. 쉬는 시간을 이용해 선생님들하고만 살짝 아쉬움을 나누려했는데, 모노즈 교장 선생님의 속셈은 그게 아니었나 보다. 꼬맹이들 교실을 한 바퀴 둘러보자 해서 뒤를 따랐다.

교장 선생님이 '여기 이 선생님은 한국에서 오셨고, 이름은 Nani'라고 하는 것 같았다. 그 순간 교실 여기저기에서 꼬마 친구들이 손을 들고('저요, 저요!'라고 하는 듯)뭘 말하겠다고 야단들이었다. 하하하! 우리 집에도 나니 있어요. 우리 시골에는 나니가 많아요, 우리 삼촌네도 어저께 나니가 태어났대요. 우리 옆집에도 예쁜 나니 있어요. 아이들의 외침은 끝이 없었다. '나니'라는 내 네팔이름의 뜻이 '여자 아기'니까 녀석들이 자기가 알고 있는 여자 아기들을 서로 자랑하려 손을 들고 경쟁하듯 말했던 것이다. 너무 귀여워서 숨넘어갈 뻔했다.

아무리 환경이 열악하다 해도 녀석들의 해맑은 표정과 웃음은 밝은 빛이 되어 어두운 교실을 비춰주고, 선생님들의 따뜻한 사랑은 시멘트가 뿜어내는 교실 안의 차가운 기운을 녹이

174

고 있다.

그래선지 Future Star English School 의 학생들과 선생님을 만나면 내 가슴은 마구 뛴다. 그래서 나는 '마지막 방문이 될 것 같다' 는 그 말도 정확히 전달했으나 실천하기는 어려운 듯 하다. 내 가슴을 뛰게 하는 일이 있으니 나는 행복한 사람임이 분명하다.

비스킷 보이(Biscuit Boy)라훌

　온갖 구두쇠 짓을 해가며 장학금을 모아 보내는 일이 내가 할 일임은 분명하나, 나도 인간인지라 아주 가끔씩은 '이 돈이 정말 잘 쓰이는 걸까?' 하는 의구심에 휘말릴 때가 있다. 돈 아까운 것도 그렇지만, 이 돈이 혹시 모노즈 선생님의 깨끗한 심성을 뒤흔들어 놓는 건 아닐까 하는 몹쓸 생각에 괴로워한 적이 있다는 얘기다. 그러다가 학교에서 라훌 같은 아이를 만나면 장학금을 더 보내지 못한 것이 미안하기도 하다.

　2008년 내가 다시 라훌을 만났을 때, 라훌은 코를 질질 흘리며 내 곁을 맴돌다가 제 주머니에서 비스킷 한 개를 꺼내 주기도 했다. 다른 아이들과는 달리 말이 없었고 잘 웃지도 않았다. 라훌에게 새엄마가 생겼는데, 친엄마 같지 않았는지 명절 때도 집에 가지 않으려 한다는 소식을 듣곤 했었다.
　녀석을 본지 거의 3년이 되어간다. '라훌은 얼마나 컸을까? 많이 의젓해졌겠지?' 하며 내 마음이 설레기도 했지만, 그것은 완전히 짝사랑이었다. 2010년 10월 25일 정말로 오랜만에 만난 라훌에게 "아이구! Baby Raful이 Boy Raful이 됐네. 예전에 네가 나에게 비스킷을……." 라고 말을 계속하려는데 라훌이 그 말을 끊었다.

녀석은 '비스킷?' 하며 침을 삼켰다. 예전의 추억이라든가 한국 할머니는 자기와는 아무런 관계가 없다는 듯, 학교 담장 너머의 가게에만 초점이 맞춰 있었다. 거기 가서 비스킷을 사 달라는 표정에 나는 냉정해야했다. 쉬운 영어로 "나는 지금 돈이 없고, 너는 지금 교실에 들어가야 한다. 친구들과 사이 좋게 지내고 공부 열심히 하고 있으면 토요일에 와서 비스킷을 사주마."고 단호하게 말했더니 '토요일? 비스킷!' 하며 딱 두 마디만 확인하고는 촘촘히 사라졌다.

내가 조용히 학교에 들르기만 해도 어떻게 아는지 라훌이 다가와 '토요일? 비스킷!'이라는 말을 던지곤 했다. 에구에구, 토요일은 아직 멀었는데! 목요일쯤엔가 착하고 예쁜 맥소빈에게 살짝 물었다. "라훌이 착한 학생이야? 불량학생이야?" 라고. 그랬더니 맥소빈은 살살 웃기만하고 끝내 입을 열지 않았다. 하여 종주먹까지는 아니었지만 하여튼 '뭔가 비하인드 스토리가 있는 것 아니냐?'며 이번에는 모노즈와 비니타에게 추궁했다. 그러면 그렇지 공부엔 전혀 관심이 없고, 수업 시간엔 자꾸 화장실을 들락거리고, 물건을 자주 잃어버린단다. 게다가 얼마 전엔 친구들과 주먹다짐까지 하여 벌을 받았다고 한다. 어쩐다냐, 내 짝사랑 라훌을! 큰 기대는 하지 않았지만 적잖이 실망한 나는 토요일에 학교에 가지 않겠다고 일방적인 선포를 했다. 그래도 약속은 지켜야겠기에 기숙사 학생들 모두에게 비스킷 하나씩을 보내고는 온종일 다른 일에 신경을 썼다. 마음 편할 리 없었고, 가슴 한구석엔 그 비스킷 보이가 대롱대롱 매달려 나를 힘들게 했다.

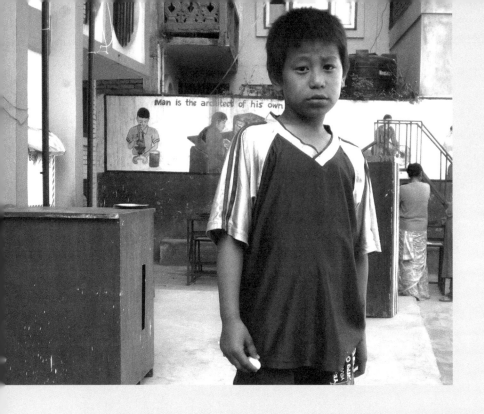

다음 날 학교에 갔더니 라훌이 다가와 (토요일은 어제였으니!) '비스킷?' 하고 묻는데 정말 미칠 뻔했다. 녀석의 끈덕지기가 고래 힘줄이다. 심호흡 후 우리학교 졸업생인 기숙사선생님을 불러 네팔말로 '먹은 비스킷은 라훌과의 약속을 지키기 위해 보낸 거고, 기숙사 학생들이 모두 라훌과 친하게 지내며 공부도 열심히 하라는 뜻이있는 거'라 말 좀 해달라고 부탁했다. 잠시 후 아이들이 라훌 쪽을 향해서 박수를 쳤다. 그때 라훌은 저쪽에서 계면쩍어하며 나를 바라보고 있었다.

그 다음 날, 11월 1일 월요일. 모노즈 선생님과 모든 선생님들이 학생들과 운동장에 모여 따뜻한 환송식을 나 몰래 준비했다. 꽃다발 증정과 학생 대표의 감사 인사 등 뭘 그리 많이 준비했는지 어리둥절해하고 있을 때, 환영이나 환송 때 귀한 손님에게 걸어주는 '카다(Klata)'라는 흰 수건을 들고 나오는 학생이 라훌이었다. 좀 쑥스러운 듯 그러나 제법 심각하게 고개를 들지 못하고 단상에 올라와서는 내 목에 카타를 둘러주었다.

녀석의 키 높이에 맞추느라 무릎을 구부려 "친구들과 사이좋게 지내고, 아프지 말고!"라고 말했는데 눈물을 삼키느라 애쓰다가 그랬는지 그 녀석이 구사했던 영어라고는 토요일과 비스킷밖에 들어본 게 없어 그랬는지 하여튼 그렇게 한국말을 던져놓고 눈물을 삼키느라 내 목구멍이 얼마나 뜨거웠는지 모른다.

비스킷 보이 라훌, 얼마나 배고프고 얼마나 정에 굶주렸을까? 차분하게 대화도 하고 비스킷도 좀 더 사주고 좀 잘해줄걸. 언젠가는 내 마음과 교장 선생님의 배려를 헤아려 따뜻한 마음과 눈길로 세상 바라보길 기대해 보면서 공항을 향해 발길을 돌렸다. 선생님들 그리고 라훌과 학생들도 이별을 아쉬워하며 열심히 손 흔들었던 그때의 모습이 지금도 또렷하다.

아, 라훌!

사랑을 실천하는 교장선생님

모노즈 교장선생님과의 이야기는 언제나 아주 편안하게 진행되는 편이다. 맏이로서 부모형제를 다 아우르는 마음이니 그 넓이와 깊이가 오죽하랴. 하여튼 새엄마를 시엄마로 발음하는 것 정도의 문제는 있지만, 모든 면에서 마음이 잘 맞으니 찰떡 대화라고나 할까? 아무 것이나 보내 주어도 마다 않고 잘 받아서 여러 사람들과 나누면서 유용하게 쓸 줄 아는 사람이기도하다.

그래서 10여 년 전 학교를 시작할 때도 이래라 저래라 한마디도 주문하지 않았다. 다만, 내가 도와줄 수 있는 일만 정확하게 알려줬고, 내가 약속한 걸 철저하게 지켜오는 동안 학생들의 숫자가 놀랍게 늘어 학교가 아주 커졌다. 졸업생들이 많이 배출되었고, 그 학생들이 교장 선생님을 만나러, 또는 후배들을 보러 자주 학교에 드나들면서 학교는 늘 훈훈하다. 교장선생님의 인품을 믿고 따르는 교사들도 많아 다른 학교에 비해 이직률이 그다지 높지 않은 편이다.

오카리나를 배우는 엄마들로부터 받은 후원금으로 기숙사 학생들과 선생님들에게 점심 한 끼를 대접하고도 조금의 여유가 있어, 선생님들에게 만큼은 좀 더 나은 걸 사주자고 제안했다. 모노즈는 내 의견에 반대하면서 "빵, 우유, 사과면 충분합니다. 올해 대학에 입학했는데 전공서적을 사지 못해 곤란을 겪고 있는 학생들에게 책을 사주면 좋겠는데 어떠세요?" 하고 묻는 게 아닌가!

이럴 수가! 두껍고도 근사한 책을 여덟 권이나 샀다. "음, 공부 열심히 하고, 다 배우고 나면 우리학교에 다시 반납하여 후배들이 그 책으로 공부할 수 있도록 하자."고 내가 다시 말했다. 그러면서 큰 오라버니께서 쓰셨던 안양시민신문의 칼럼에서 읽은 빌 게이츠와 작은 도서관에 대하여 이야기해 주었다. 그리고 학교에 도서실 하나를 꾸밀 계획을 갖고 있는 모노즈의 의견도 경청했다. 조만간 학교에 도서실이 마련되면 그 안을 꽉 채우는 일을 도와주려고 미소만 짓고 왔다. 모노즈와 약속하지는 않았지만 나니하고는 굳게 약속한 셈이다.

졸업생들이 대학에서 공부 잘하고 훌륭한 인재로 커주길 바라는 마음으로, 이곳저곳에 도움의 편지를 많이 쓰고 있다는 모노즈는, 요즈음 매일 저녁 대학원에 열심히 다니고 있다. 상급학교 자격을 얻기 위한 준비 과정인데, 현재 학교는 우리나라로 치자면 유아부터 고2까지의 교과과정이지만 모노즈가 대학원을 졸업하면 전문대학 1학년까지 교과과정을 확대할 수 있단다. 그래선지 모노즈는 그 공부가 아주 재미있단다.

우리 주위에서 얼마든지 구할 수 있는 재활용품들을 선편으

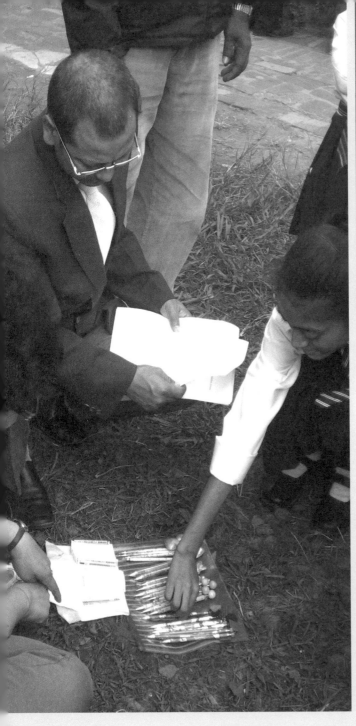

로 보내면 모노즈가 받아서 바자회도 열고 아주 가난한 학생들이나 주민들에게는 공짜로 주기로 했다. 그걸 찾을 땐 우체국 직원이 박스를 열어 품목을 다 조사한 후 책정하는 세금을 물어야하는 그런 번거로움이 있는 데도 불구하고, 감사히 받아들이는 모노즈 선생님이다.

뭐니 뭐니 해도 내가 그를 가장 신뢰하는 이유는 그가 아이들을 사랑하기 때문이다. 우리학교 학생은 물론 다른 학교 학생들에게까지 정성을 다하는 모습은 정말 잊을 수가 없다. 학생들을 잘 가르쳐야 사회가 발전할 수 있다는 것을 굳게 믿음은 물론이거니와 그걸 성실하게 실천하고 있는 교장선생님, 고맙습니다!